Ⅰ　海と空のあいだに（抄）――短歌

JN282001

冬の山（昭和19年〜21年）

掃き残されし落葉しづかに地に着きてたそがれてゆく田浦の駅

木洩れ陽に立ちのぼりゐる椀の湯気ほのかにて束の間やすらぎに似し

この秋にいよよ死ぬべしと思ふとき十九の命いとしくてならぬ

なんでもない顔付きをして皆汽車に乗つてゐるなんでもない風にわたしもしてゐよう

ひとさじの白い結晶がたたへゐるこの重い重い静けさを呑まう
オブラートの昇汞胸に入り開くとき縋りつきゐしなんの稚な木
穂芒の光なびける野の原に立ちて呼ばむとすれど声なし
おどおどと物いはぬ人達が目を離さぬ自殺未遂のわたしを囲んで
死なざりし悔が黄色き嘔吐となり寒々と冬の山に醒めたり
まなぶたに昼の風吹き不知火の海とほくきて生きてをりたり

満ち潮（昭和21年～25年）　＊「道生」を併録

すすきの穂を口にくはへし女狂人を我は見たりき。秋風のほとほとと吹く日なりし。カンナの葉にくるみて我が家の乏しき雑炊をそつと差し出せばあどけなくもかなしく笑ひて、ほほけ果てたる髪の頬にすり寄せつつ小児のごとき足どりもて去りたり。

いつの日かわれ狂ふべし君よ君よその眸そむけずわれをみたまへ

白き髪結へてやれば祖母《おほはは》の狂ひやさしくなりて笑みます

距離を持つもののかなしさ手を伸べし星座はゆるき渦になりゆく

吾は母となれり　道生と命名したり

かたはらにやはらかきやはらかきものありて視れば小さき息をつきゐる

人間の子なりよこれはこのわれの子なりといふよ眸をとぢておもふ

人の世はかなしとのみを母われは思ひてゐるをせめられてをり

くすり指にまみらうほどに粉々にこぼれてうすき吾子の産爪

泡の声（昭和26年〜27年）＊「白猫」を併録

六本のキャベツの珠のふくらみを朝な夕なにふれていとしむ

たらつたつたと語尾につづける吾子が癖なにか嬉しき事あるらしも

若楠の梢の鳥は幼な鳥ほうほうけきよきよと区切りてなくも

ぎんぎらさまぎんぎらさまと唱ひくるきつねのぼたんの実を振りながら

誓ふとは汝がしあはせをいはねどもひた抱きてゐて祈るに似たり

わが心知りつくすごと肯きてものいひそめし吾子が笑まふも
二人言《ふたりごと》三人言《みたりごと》をも一人ごち吾子は遊べりトロッコの上に

金のことにわがふれずあり息ひそめ夫と真向ひおそき夕餉す
店頭の赤い三輪車に倚りゆきてお金のあるとき買うてねといふ
繕ひをはたと抛りぬたぎりくる想ひせまりて声になりつつ
はてしなき母のくりごとに逆らはず黙し茶をつむ曇り日の午後
あらぬこと一人ごちます祖母《おほはは》の声細々とききとりがたき
狂ひゐる祖母がほそほそと笑ひそめ秋はしづかに冷えてゆくなり

何となくついてしまへる嘘なればつきおほせることいつもなきかも

それより先はふれたくなきこと夫もわれも意識にありて遂に黙しつ

寄り合ひてそのひとときをさざめける泡の声きけば泡の声かなし

虹の反り鮮やかなるをみあげつつよみがへりくる思慕とおもふよ

帰りきて冷えそめし夜の板の間に手をつき倚ればきはまるかなしさ

吐息する毎にいのちが抜けてゆくうつろさを支へゐる暗い板の間に

揃ひ生ふる葱に月夜は透りつつ白猫かがみ来て音もなく去る

うから（昭和28年〜29年）＊「春衣」を併録

狂へばかの祖母の如くに縁先よりけり落さるるならむかわれも

親と子が殴りあふ日々に挟まれゐて跪かねば神にも遠く

老いていよいよ険しくなれる父の顔よ酔へば念仏をいひて泣きたまふ

人間に体温があるといふことが救はれがたく手をとりあへり

さげすみのまなこと知れば纏ひゆく言葉は嘘となりてやすけし

寝おくれて襟あはす夜は窓近く安息に似し月かかりたり

いちはやく水底に潜む体位もて魚のごとくに寄りてゆきたり
我が内に巣喰ふ両極を律しゆく吾子にむかへば祈りにも似る
酔ひ痴れし父に追はれてひそみゐしからからと鳴る黍畑の中
ばばさまと呼べばけげんの面ざしを寄せ来たまへり雪の中より
幼友《とも》らみな怖がり囲むもの狂ひばばさまなれば掌をも曳きたり
雪の中より掌を引き起せば白髪をふりつついやいやをなし給ひたり
かがやきて降る雪片を見し夜より傾きそめし地平とおもふ
雪の上ねむらんとする指の間に触るるかそかな風のごときが

うつくしく狂ふなどなし蓬髪に虱わかせて祖母は死にたり
橋の下に嘆きも果てて住むならむひそひそとその上を通りぬ

さるレストランに働きて

見くだしてもの云ひつけし人去れば脚そろへていねいに礼を返せり
握らされしチップ三拾円擲《はふ》られず掌をひらくとき涙にじみ来
こころ堅く閉せばかろくも浮び来る微笑ありひとむれの眸に対ひゐて

木霊（昭和29年〜30年）　＊「火を焚く」を併録

わが墜ちしところにも続く階《きだ》ありてなほもまぶしき空とおもふよ

帰るべきところ持たねばまたむせぶ不知火海にそそぐ気流ぞ

呼ばはれば虚空を透り降りて来しわが声魚に似てさびしかり

歌友志賀狂太自殺す

醒めかけしまなぶたの上打たれゐて切なし春の笞《しもと》は匂ふ

春の風ふとやみぬれば呼び返す野の黄昏に没《い》りゆく葬列

均衡を失ひてゆくわがうなじ関はりもなき視線が汚す

毒の液ひらひらと振る手付きさへ死に遂げ得たる君にはふさふ

振り返りゆく笑み閉ざすなり霧の中ゆけどもゆけども木霊が阻む

夜の鳥に似る眸ちかぢかと寄せてゐぬ途切れがちなる告白の前

目のふちの仄かに紅くなり来たる人なにほども知らずして死す

生きてゆくことに肩がきしみ出すかかる時死にたる君をふくめて

黍の葉のからから鳴りよ逸早き風花の中を抜けて急げり

口ごもりながかりし人去らしめてなほ拒みゐるさびしき腕

嚙みあぐみかりかり骨を鳴らす犬かかる夜風化といふも進まむ

枯れ枝に手触れて汝の骨かと想ふまた風の中を削がれ来る声

突き当るばかりになりて眸をあげし少女よ昏れ色はまだ浄き街
明けそむる街の中より現れし男ひつそりわれと擦れ交ふ
夕光の中に泪をにじませて座りゐる母を納屋より連れ出す
納屋の隅に来たがる母も狂ひしか夕光のなかのほつれ髪
焼き藁の奥に残れる煥赤し田の中の道よぎらむときに
火ひとつを所有のやうに思ひこみ来る夕来る夕忘れず焚くも
背を曲げて人は逃れる姿勢をするそこだけ夜の色のシグナル

雪（昭和31年）

雪の中に灯を潤ませて来る電車記憶の中よりわれは近づく
片方の草履が立てし雪煙よろけて転ぶときに見てゐし
取り捲いてゐし雲の群退きながら北の空より挽歌は湧けり
人間の棲む家の灯がまたたけば余剰なものにわれは囚《つなが》る
体温にふれくるものは哀しきに裾にまつはる夜の野の雪
踏みしめてゆく雪の音の柔かし従き来るものは我を許さむ

つもりくる雪ふり払ふ薄き袖過激なものが戻りはじめる

頸筋に雪が舞ひこむ終《つひ》の駅われにいちまいの春のストール

探り当てられる言葉と知りながら吐くとき限りなき凍えは来たる

春の雪いちづにふりて遠のける夜明けきれぎれの睡りをせしよ

氾れおつる河（昭和31年）

傷つきしけものも花も距たりぬ変身の刻ちかづく昧《くら》さ

雪の夜になれば乾きゆく皮膚をもつ傷《やぶ》れつづけしにんげんの裔

のび切りしわが影法師剝がんとす木柵に供犠のごとく立ちゐて

執拗な匍匐のあとを陽はのこし仮死ながければみしらぬ渚

主題曲うしなひしまま鳴りつづく或る夜きりきりと高音の干潟

われの重芯を落せばゆるくひろがらむ斜面仰むきの角度にうつくし

仰臥するわれに傾きかける崖合歓の花ひらくところにとどまる

青々とひるがへりゆく風の中君の掌のごときもの見うしなふ

扉にてもつれしわれを抜けしとき風がもちゆきしごとき分身

眠りの方へ脱けるまなぶた撫でにくる子の指しばらく遊ばせてゐし

仮死とけるまぎはしたたか冷えきりし爪先よりくらき渚展けり
われのなかのエアポケット深し吹きいれる風に下りきし裸電球
みごとなる変身をひそかに迫りゐし氾《あふ》れおつればうつくしき河

海と空のあいだに（昭和34年）

おとうとの轢断死体山羊肉とならびてこよなくやさし繊維質
畦道は雪となり掌にくるぬくみ母はいつくしみをらんその死も
雪の辻ふけてぼうぼうともりくる老婆とわれといれかはるなり

白髪となりしわが髪いやいやをせねば耳もとにいふ雪の声

焼き石をよもぎにつつみあてがへば蒸籠のにほひする母のふくまく

ふる雪もぬけ毛の類もたぐりよせながら糸車ひくきしはぶき

不治疾のゆふやけ抱けば母たちの海ねむることなくしづけし

潮はつねに船尾のはうになみうてば沈みし舟も夜ごとはしるよ

みえざる汚点もあをくすむ空うつくしき火刑のために曾てはありき

とほくでゆつくりたちあがる蛇が鳴らしゐる鈴　草かわく未明にききとる

雪のまのはげしき空によびかはすくろぐろと山の岩たちの声

廃駅（昭和37年〜40年）

石の中に閉づる密画をおもひつつ羊歯ならぬ髪われも坑夫も

向日葵の首折れ手錠の影をせり滲みていよよ錆ふかき地

頸ほそき坑夫あゆみくるそのうしろ闇にうごきゐる沼とおもへり

しづくして壊《つひ》えゐる石にむきあひぬボタ山に生ふ毛のごとき草

咽喉あかくいたむひるよる水のむに小さき穴ぐらのやうなる音す

水のめば草色に閉づるのみどなり芦のさやぎのなかの眠りぞ

いちまいのまなこあるゆゑうつしをりひとの死にゆくまでの惨苦を

黒き吐瀉終はりて道のべに死ぬをみつわれの気息のうへの夕映え

さすらひて死ぬるもわれも生ぐさき息ながくひく春のひた土に

まぼろしの花邑みえてあゆむなり草しづまれる来民《くたみ》廃駅

II　あやとり祭文

――随筆と俳句

簪

暮れかかる海辺の渚道を歩いていた。その細い道は、薄で出来ていた。骨のような形にのびている無花果の木が頭上にあらわれる。夕べの色に変ってゆく空が、無花果の枝のシルエットの間に嵌めこまれる。無花果の木は、晩方からのびるのだろうか。光を刷いて浮き上っている薄の穂波の下に、夕闇が這いはじめる。薄はわたしより背が高い。まだ四つぐらいだった。そこゆけばもうじきそこは夢の中よりもさびしくて美しく、この世の外れに感ぜられた。そこゆけばもうじき逢魔ケ原、というような戦慄にわたしはとらえられていた。

陽が沈む前のひととき、天からゆらゆらと襞になっているような冷たい風が、渚にそって流れてくる。それが知らせのように、海と陸とのあわいの時刻は相貌を変える。

空ぜんたいが、刃の反ってくるような薄の蔭に縁どられ、ステンドグラスになってゆっくりまわる。足元に這う野菊もつわぶきの円い葉も、金泥色に浮きながら沈みこむ。幼女は入魂する。海辺の黄昏に入魂される。心はふわりと浮き上り、鳥の目のようになる。わたしはステンドグラスの色に染まりながら、切り下げ髷の大叔母たちに、もう百ぺんばかりもたずねて飽きない話を思い出す。

——花の長崎ちゅうはどこ。

——あちゃさまのおらすとこじゃ。

——あちゃさまち、どういうひと。

——ほら、この簪をさして下さい申《も》した人じゃ。

——髪結いさん？

——うんにゃ、男のあちゃさまじゃ。

簪というものは、髪結いさんがやさしい手つきをして、花嫁さんや、女郎衆の日本髪にさしてやるものだと思っていた。

——男の髪結いさん。

——あれ、ほんに、男さんもおらすかもしれんなあ、あちゃさまで。

——わたしも簪ば挿してもらおごたる。

——ふふ、そんなら、頭《つむり》ばお貸し。

——あちゃさまが挿したごつして。

——よしよし、ちょっと頭《つむり》ば、こっちにお貸し。この簪にゃな、龍の彫り込んであるとばえ。

――りゅうちゅうのは、何《なん》。

――そりゃなあ、天ば、飛ぶにきまっとる。

――なんのカラスのごたっと?

――なんのカラスぐらいじゃろうか。神さまのお使いじゃ。海の底に棲んどらすと。

――魚《いお》の神様な。

――魚じゃなか。ほら、雨乞いのあるじゃろう。

雨乞いは、幼な心にも感動的な情景だった。たすき鉢巻姿の男たちが大太鼓を抱え、地を蹴って跳びながら、入神の表情で龍神さまを呼んでいた。

――雨も降らせなはっとばい、海からのぼって。あの龍神さまじゃ。

わたしの家には絵本などなかった。想いえがいた龍神さまは、お寺でみた仏画の天女だった。

――ほらぁ、龍のついた簪じゃるけん、天ば飛ぶぞう。ちゃあえかす(落す)なえ、べっこうじゃけん。

龍がのぼりあがるという海。天を飛ぶからには、その棲み家である海も、さぞかし広大なものにちがいない。鳥のようになった心は眼下の海を眺めながら、見たことのない長崎が、もう自分の世界になっていて、簪を挿してくれるあちゃさまの微笑を感じ、はにかんでいた。

花の長崎、べっこうの簪とあちゃさま、龍の飛ぶ天と海。夕凪色を宿して沈む海を見下して、花というものを幻視した。人の世の海に浮上してひらく、睡蓮のようなイメージだった。

祖父母の時代までわが一族は、長崎を世界の中心と考えていた。別珍の足袋、繻子の昼夜帯、祝い膳の宗和台、男衆《おとこし》たちがつくる卓袱《しっぽく》料理、お茶の玉露に赤身の牛肉、古伊万里や青絵の皿小鉢、博多帯に仙台平の袴さえ、長崎から来たものだった。

鹿児島本線はまだ通らず、陸路は熊本市とは閉ざされていた時代である。天草にいた頃から、島原・長崎へと船を廻していた家だった。酒宴の多い家で、酒座でうたわれる唄が上手であれば、

「丸山仕込みじゃけんのう」

と言われるのである。長崎は、座敷続きの隣、という風に大人たちは思っているらしかった。

「花の長崎」という言葉をはじめて耳にしたのは、イリコ売りに来ていたお婆さんの口からだった。お婆さんは若い頃、わが家の手伝いに来てくれていたそうだが、昔の縁を頼って、残り荷が重い日は、大家族のわたしの家にみえ、「女籠《めご》払い」をする。

アケビや楊梅《やまもも》や柘榴の実を持って来る時は、なぜか気おくれしたような様子になって小腰をかがめた。

──今日は商《あきな》いの荷が無《の》うして、こげんしたもんば持って来ました。日和の悪うして、イリコがとれませんですもん。

そんな商い荷の時、母の方へではなく、わたしの方を向いてお婆さんは、ものを云った。畑では見たことのないアケビは、甘藷《からいも》に似た肌の割れ目から、とろりとした、葛きりのような実をのぞかせて、不思議な果実だった。

──山ん ひとたちの取りに来なはるもんでなあ、夢魔《まも》どんたちより早う起きて、取って来ましたばい。

お婆さんはそういうと、懐から、割れかけの柘榴を取り出して両手でひねる。山ん ひとたちとは、山の精のことである。

──嬢ちゃん、はい、カラスの取りかけですばってん。

そう云いながら、半分はわたしの方へさし出し、片手は自分の口へ持ってゆく。はっと心をそそられるような赤い透明な、ちいさな珠が、縁側の敷石にこぼれ落ちる。わたしは、いくらか面妖な感じのするアケビよりは、柘榴の方に気を奪われた。縁側にそのまま腰かけて、お婆さんは柘榴をかじり、種をはじき出しながらいうのであった。

──嬢ちゃんな、花の長崎に往かしたな。

かぶりを振る。

──あのな、昔、おうちの船に乗せてもろうて、柘榴ば積んで往きおったとばい。おくんちのお祭になあ。

――あちゃさまのおらすところに。

――そうそ。あちゃさまの沢山おらす、月琴ば弾いて。

――簪挿した人のおんなった？

――そりゃもう、簪も挿さんばなあ。祭じゃもね。龍の船の舞い上るごつありますばい。

――龍の船！

――はあい、天まで舞うごたるですよう、天女さん方の乗っとらす。もう花ばい、花。お祭りにゃな、柘榴の膾《なます》ばしなはるとばい、大根と合わせて。指輪《ゆびがね》の珠のごたる赤か実の、白膾の上に光ってな、柘榴も位の高かとよ、祭り膾になるとじゃけん、長崎じゃ。祭の前の五夜にはなあ、お諏訪さんの後の山で、狐さんの啼きなるち。もう神さまも出ておいでるち、人たちの云いよらしたよ。

お婆さんの切れ上った目が、手拭いの蔭から空をみていた。唇の端にくわえた柘榴の粒がきらりとして、飛沫がわたしの頬に来た。するとたちまち、お諏訪さまの森にかがんでいる子狐の気分になるのだった。

わたしは両の小指を立てたあの形になって、縁側から飛びたくなる。お婆さんも同じ手つきになっていう。

――啼いてみしゅうか。こん！　こんこん。

――うふふ、こん！　こんこん、こん！

困惑しきった母が後姿を見送っていう。

――そげん真似ばしてもう。ほんなこて、取り憑かれるが。あの人はねえ、山ん ひとたちの精《しょう》のあらすとじゃけん、真似せんと！

おくんちの日、長崎の街を歩く。神前奏楽の「シャギリ」の音が、くぐもりながら聞えてくる。

町衆たちの心にひらく花が閉じてゆく黄昏、わたしは童女に戻り、人っ子ひとりいない薄の渚辺から、金泥色の海に沈む龍を視ていた。

　笛の音すわが玄郷へゆくほかなし

（「毎日新聞」一九八五年一一月七日）

とある前世の秋のいま

冬だというのに、まだ秋をひきずっているような感じで閉じこもっている。

今年の秋、いやもう去年と云わなくてはならないのだろうが、紅葉の時季のことを思い出そうとするのに、なんだか時間の感じが斑らになっていて、その間、自分がどういう気持で過して来たのだか、夢の中にでもいるようで、うまく言葉が坐らない。

たぶん、わたしの季節が止まってしまい、そこから冬が来るのではなくて、来し方の秋へ、そのまたずっと昔の秋へ、そのまたさらに前世の秋へと、はてしもなく漂流しはじめてしまったのだろう。

われながら恍惚の鬼めいて、石の間から、人のゆくのを眺めている気がさまざまする。

さてその鬼だけれども、女の鬼というには侘びしいし、怨鬼でもなし、幽鬼というには人間の気分なきにしもあらず、しかしなにやら深く虚脱している風だから、虚鬼と云ったがよいかも知れない。

なぜ鬼でなければならないか、つきつめ癖の果てにたどりついて出没する所が、人跡未踏の秘境ではなくて、やっぱり人の通った痕跡のある山や、野の風の中や陽だまりを好むからである。

それにこの秋、わたしとしてはちょっと長い旅をした。それがあまりになれ親しんだ南とは違う景色の、落葉松林の続く山容の間などを通ったりして、これまで見た秋の北限だったので、たぶんそれがもとで、季節と自分との入れ替り現象となったのかもしれない。躰の外側は刻々と冬に包まれ、やがて春も来て、つまりはゆく年くる年が流れているのだろうけれども、心の内側の季節は、来し方の方へ遡行して、年々歳々昔の景色があらわれてくるのである。生きるという感じがせっぱつまって来たからだろうか。いやそれよりも、季節はわたし、という感じが切実になりつつある。

暮に買った紅色と白の小菊がもう二週間も経って、水切りを一度しただけなのに生気を増して来て、仕事机の脇にある。雛菊じみた白いのが、芯のところで薄緑になっていて、愛らしい花弁が重なっている。葉も花に見合ってつつましい形だが、厚みのある艶である。こんなに小さいのは栽培種かもしれないが、野菊じみていたので、珍しく買う気になった。

というのも、この小さな白い菊を見て、買おうかと思った瞬間に胸が疼いた。その時わたしはたしかに、冥路の方へ足を向けていて、そこから道のべの小さな花をふと振り返ったのだ。

スーパーマーケットの花屋の店先がふっと消え、雲の影の流れる刑場の原っぱのようにわたしには見えた。そこらは戦前まで無人の原っぱだった。

花を売るには無骨《ぶこつ》そうなお兄さんが、それでも年末のお愛想顔で包んでくれる間、切られて並んだ色とりどりの菊の香りに躰を包まれた。冷え冷えと流れる香りの中で、奇怪な幻想が湧いた。

昔々、とある前世の秋のいま、わたしは、処刑された恋人の首を自分の片袖に包んでいて、晒し台から下ろしつつある。そういう感じにふいになったのである。花を振り返った途端に湧いたただならぬ悲哀は、そのせいかと思われた。

なぜそのような、唇のはしに血を噛んでいる首を抱いているのかと云えば、それは小説ででも書くのだろう。

白い小さな野の花にだけ、首を切られたものの、死に際の思いが残っているのだと、わたしは思うのだった。

死に際の思いとは、ただただ無心で、愛らしい小花に目をとめているだけの、ささやかな浄福感に想われた。死んだ人もそういう人だったので、その浄福があれば、抱えている首の重さもその匂いも、なつかしく感ぜられるのだった。なにしろわたしも間もなく、土になるのだったから。

草の匂いや風の動きが人の魂を救うのは、悲哀も極まれば、無心というところへゆくからで、その時はじめて草や樹や風と同じものになれるのだ、というようなことを考えながら、白い小さな蕾を包んでもらっていた。遠い境界からあと戻りして来たもののように、わたしは花を受けとった。

この世の巷は賑わっていたけれども、それはそれで、やっぱりここもう、わたしの目にふれたから、冥界の徴しをうすく捺された入口、のように見えたのである。

花屋の兄さんの白い歯並みも、苹果《りんご》売場の少女の笑顔もどこかで見たような記憶がある。

いつも不思議でならないが、ふだん睡りに入る直前に、どこの誰かはわからないけれども、肌理《きめ》のほども、笑《え》まうときの口辺の、皺の動きまでもくっきりと、知らない顔がまなうらに浮び出てくることがある。

とうの昔に死んでしまった幼な友達の顔であったり、生きている間、二度と逢うこともあるまい、昔の知人が出て来たりしておどろくが、ありありと目近にある顔と、視線が合うことはない。

頭脳の記憶というよりも、目がうつしとった映像が、本人の自覚よりは正確に深く畳みこまれていて、睡りに入る前になると、夢を見るための試写のようなぐあいに、一齣一齣あらわれる。

髪形がわからなかったりするので、記憶の遺伝子が、昔々の世に逢った人を連れてくるのかと思ってみるのだが、いまこの鉢巻のお兄さんやら、果物売場で羞《はにか》んでいる少女もひょっとして、前《さき》の世《よ》で出逢った誰それかと、昔々の装束を着せて眺めると、それがぴったりとよく似合い、光背のような死を頂いているので、いじらしい。

ひととき の 世《よ》を 紅葉《もみぢ》せ よ 舞 の 影

というような句がふと萌す。

するともう、世をちがえて、若者たちのいるところに自分のいる風景そのものが、川波の底に幾重にも透けながら流れてゆく時間の中のこととなって、わたしはひとひらの銀杏のようなぐあいに、かの久住《くじゅう》高原の中に降り立つのである。

時間とわたしの間には透き間があるけれども、そこに立つと、季節はわたしだという気がしてくる。また一句。

紅 葉 嵐 天 の 奥処《おくが》 も 昏 る る か な

破れた袂が浮いて、光ると気づいたら、人の首だと思って抱いていたのが、すすきの尾花になっていたのだった。

原野の向うは丸みをおびて広がり、空を区切る稜線という稜線は、舟が来ても溺れ込んでしまいそうに、一面にひかり漂う波頭のような、花すすきだった。

ここらあたりは平地よりはずいぶん高いので、夏から秋にかけて、下界にまでは降らぬ雷鳴を伴った雨が、二、三日ごしに来る。熊本寄りの阿蘇台地や小国《おぐに》方面へは、大分県の久住《くじゅう》山の頂から雨雲が来るので、そういうとき、人々は遠出をしないのである。雨は尾根にそって下から吹きあげる。傘はおろか、すべての雨具は用をなさない。

そのような雨雲が峰から峰へと下りてゆく頃、昼の稲妻を発しながら広がってゆく雲の上に、あちこちの尾根から湧き出て来た蝶たちが、幾百ともしれず群れ飛んでくる。稲妻は下に、蝶たちは雲の上にいて、下へ下へと移動するさまに目をとめている間に、久住高原全体がはれてくる。そしてすすきが波うち、光りはじめる。

一つ目の月のぼり尾花ケ原吹雪き
そこゆけばぢき逢魔ケ原姫ふり返れ

（「ペンギンクエスチョン」一九八四年三月号）

鬼女ひとりいて

ひがん花の咲く時期が近づくと、心がいよいよあやしくなって、例年なんにも手につかなくなる。

もともと正気にとおい血統で、草木の萌え立つ頃も少しはおかしいのだが、わたしは秋型らしくて、あの繊《ほそ》い一本茎の赤い蕾が田の畦などに出はじめると、なにもかも上の空になる。

今年はことにそれがひどくて、日常身辺の仕事など、かねてよりはさらにどうでもよくなり、原稿などもちろんすべてほったらかし。人さまが、せっかく当り前人間として話しかけて下さっても、一から十までとんちんかんの受け応えになる。本人はさして気にとめない。

夜と昼が完全にひっくり返るのは珍しくもなんともないが、その夜こそが見ものである。深夜ひとりの、演者兼観客の劇場を開いてます、と言い繕ってみたりして、誰が見ているのでもないが、われながら尋常の沙汰ではないのであろう。

歌うやら踊るやら羞かしがるやら、三、四人分の言葉のやりとりも忙しく、たあいないままごと風から、哲学上の論議、性こりもなくやらかす失敗や、あらゆる過誤の一切を、すべて鮮明に思い起こしては、そういう自分への罵詈雑言が始まるのだが、止めようと思うのにこれが止まらない。

他人さまには思うことを云えないものだから、その反動で、自分にはなんとでも云ってよいらしく、あんまりだと同情して解説までするのだから、ごくろうなことである。

かねてその傾向があるのに加えて、ひがん花の咲くのが前兆で、秋に入りかけると、相当重篤で壮絶なあんばいの日々になる。われながらいったい何をやってますかと思うのだが、夢の中にまで燃え立つあの花のせいだと云いきかせている。

ついでにいえば、わたしの見る夢はすべて天然色である。それが普通と思っていたので、人さまのが、モノクロであるとつい最近知らされて以来、昔の映画を見るような、古典的な黒白画面の夢を、一度なりとも見てみたいと念願しているが、まだ見ることが出来ないのは、どういう神さまのおぼしめしなのだろう。

正常な人間は、黒白の夢を見るのだと教えて下さったのは、とても正常とは思えぬそのお作品を、尊敬している菊畑茂久馬画伯である。この十月はじめに、久しい沈黙のあと「天動説連作（第一部）」を発表されるが、仲間が寄っての話題の中で、夢に色つきと黒白があるとわかってわたしは非常に愕き、皆さんはそれにまた愕かれた。

菊畑さんは一瞬、化け物でも見たようにわたしを見られた。この方はたいへん大人でいらっしゃる。ややあって、病者をいたわるような目つきになられた。

そういう次第なものだから、陽《ひい》さまのいらっしゃる間は、まなこがとろとろになって来て、花のある間じゅう、野辺やら山ふところへ出歩きたくなる。

このような状態のことを、わたしどもの地域の古典的な言い方では、「高漂浪《たかざれき》のくせの、ひっつかした」という。されきは、さ歩《る》くとも云うのか、「馬鹿の高上《たかあが》り」の類語である。

この病気というかくせに憑かれてしまったことが知れてしまえば、常人の居る境域から、時々魂脱《たましいぬ》け出す者として公認されるわけだが、このくせ、一度ひっつかれればなかなか治らないので、そういう位相をとるものとして、右のようにいいあらわす。

二つの云い方には風景が伴っていて、前者には非常に広域な未知の風景が、後者には高所からの鳥瞰的な眺めが意識されている。加えて二つの云い方には、日常世界から漂い出すものたち、あの遊行するものへの、村落共同体が交付する通行手形といったニュアンスもこめられている。

高ざれきのくせのひっついた者は、故郷への戻り道を忘れるか帰りたくないか、まあ似たようなことだが、逃散《ちょうさん》したのでも出郷でもなく、家出ともボケ老人ともちがう。故郷や家に累代《るいだい》緊縛されていて、鬱積した煩悶が度合いを超えれば、魂が気化状態になるというか昇華を遂げるというべきか、ともかく現実からは離魂状態になるものをいうのである。それでもまだ、共同体のどこかに離れがたく出没しているのを、地域住民は見ているので、出て往きっきりになった者としては取り扱わず、離魂ぐせがついてしまったとか、高あがりしたまま、なかなか下りて来ない者とみなすのである。

高ざれきする人間と、高あがりする人間（木の上とか屋根の上とかとにかく高い所が好きで、そこに上ってみないではすまぬもの）へのこの云い方は、権力誇示の好きなものとか、出世願望には使わない。共通していることは、地上とその魂魄との間に、雲のようなクッションがあって、堕天使という言葉があるが、それとは違い、今から昇りかけていることをさしている。

そのように称されるものたちは、外からの見かけもそうだが、已れの中のどろどろを呑み下すのとひき替えに、正気の方々のお出にならぬ所への通行手形を戴くのである。考えてみればわたしとても、生き損ないの正体不明を呑んだり吐いたりして来た結果、年々ひがん花の開くあいだのしばらくは、さらにほとんど病気とあいなって、野山の落葉が鎮まってしまう頃までを、表むきの顔がにこにこぼんやりしている分だけ、闇に紅葉が舞うような景色の中をゆく。

こういう状態を、変調を来たしたとか、ちいっとばかり、間違うとる人間とか自分で云ってみるのは、世間さまへの義理を少しばかり云ってみたまでで、じつはいよいよ、妖異の方角へわけ入ってみたい本音でもある。

ほかの花々を見ても、ついぞ心乱れるということはないのに、ひがん花と、あの春蘭の花とはどういう因縁があるのか、今年もまた近郊の野山へさまよい出した。花の呼ぶままに、湖の上にあるような、浮き島というお宮の脇で、赤い生きもののような蕾の中から初咲きが出ているのを見て、次の日は秘境といわれる五家荘のそばまでわけ入り、釈迦院岳のまわりをめぐって来た。それでもまだ呼ばれているようで、三日経ってから天草の方まで往って少しは落ちついた。まことに、あの高ざれきのくせに、わたしの方が取り憑いたらしい。

秋もはなからこのように惑乱しているのは、まなうらに離れぬ緋の色の花のせいで、それも人気のない大森林の奥へ、えんえんとうち続いて樹海の底に広がる静寂を、灯し出しているその色の中に、往きたいからである。

見廻せばうたというものの最初の発声が、花のひろがるあたりからはじまっていて、生きているという戸惑いが、ここまでくれば少しは消去されてくる。色の調べというのにはじめて接したという気がいつもする。

たぶんこの気分は、わたしの原《ウル》イメエジの世界であって、その色調の流れの中に湧く泉のようなぐあいにわたし自身も湧いている。感覚の外皮がまるまるほどけさって、ここでは自分をとがめなくともよいように思え、わたしは豁底の苔を脱いであらわれる洪積層の霊たちのような気分になってくる。深山の蔭にあるものたちよ、起きよ、というたぐいの言葉が、水の流れに交じって自分の中に湧くのを聴く。たぶんそこはあの、楽園とやらに似たところかもしれない。

山々の間をせりあがってくる太古の海が視え、魚たちのゆくのを視るのもそういう時である。日常と非日常は一つになり、この世の虚相と実相が、一輪の花を真ん中に置いて、ゆっくり入れ替わる。

けっして燃えあがったりはしない緋の色の頂で、花はそういう働きをするものだと、わたしは自分に言い聞かせる。

いわばそれは、まだ生きているわたしのための絶対音感のようなもので、この世の均衡というものは、すべて、目前にすっきりと伸びた、か細い茎と、見事に完成された花冠にかかっているらしい。

あらためて見はるかせば、浮き立ってくるような花冠をそこに立たしめているのは、茎というのもさりながら、微細なかげりを組み合わせて集大成されている大地の緑である。蛇行している川や民家や竹叢や、神社の森を形象《かたちづく》っている樹々や草生《くさふ》の、目に快い眺めをととのえている緑というものの豊さの中で、花々の形も色も活かされているのである。それはまた、わたしどもの日常の基調をなす景色でもある。

いささか物狂いじみているにしても、太古の暖流につつまれているような山脈の植生の中でわたしは、小さな蛾のようなものだった。

だから花の輪のどの一つとても、大地の所生であるかぎり、ただの日常へも超日常へも、ハレへもケへも通じる世界の入り口に咲き、はたまた狂気と芸術とやらの間を往き来してよい道のべの、標《しるし》の幻花と云ってよいのだった。

舞え舞え、ひがん花、わが世は真実のフィクションよとわたしは呟く。クレパスのような谿の橋を幾本も渡りながら。

気がつけば、花々は河原の土手や山際の間に、生腐れの骸さながら、ぼとぼと打ち伏して、いっせいに枯れ始める。その亡骸《なきがら》の一本一本の中から、緋の色をしたものたちが脱け出してゆく残像を見送りながら、わたしは呼吸をととのえる。

秋はまだ入り口の、こういう景色だけれども、奥九州の尾根の樹々たちから、黄昏ごろになると、鬱金《うこん》紅葉《もみじ》の葉っぱの便りがしきりに届いて来て、この稿を書く間もじつは、心ここにない。

鬼女ひとりゐて後むきひがん花

（「ペンギンクエスチョン」一九八三年一二月号）

あやとり祭文

売られ売られて　ゆくその先は
役せんからだにさせられて
しんのしまいにゃ　舟まんじゅ
犬《いん》の嫁御に　あてがわれ
犬とつがわせ
生れたその子は
日のたつうちにゃ
犬の耳よの　生えて出て
髪毛《かんげ》振り振り　見えかくれ
その子がはじめて　ものいうには
かかさん　かかさん

親に不足じゃないけれども
お八重がむすめは　犬の耳
日の昏れさまになって来て
人の悪口《あくこ》が　みなきこえます

人の口には戸は立てられぬ
闇夜の波にゃ　灯がつかぬ
あれは煩悩の五位鷺ぞ
水の暗しゃに啼きたつる
親の因果を身に受けて
鳥や　めくらで
飛ぶなれば
くわえて曳けな　犬の舟

気のふれたものたちの気持を推しはかり、とおい昔の葦むらをかき分けてゆくと、ひと足ごとに、小さな波のようなうたが絡まって来るのです。イメージというより、やっぱりうたです。

潰れてしまったしゃがれ声で、阿鼻叫喚のようなおののき声をあげていたかと思うと、地を這う風が、草の葉先や地虫と囁き交わしているような、うたい交わしてでもいるような気配のときもありました。えへん、えへんと静かにしわぶいて、時々右の袖で、前の世の、そのまた前の世の闇をかき寄せるつもりだったのでしょうか。袖が振られるたびに、何かが来ない、まだ来ない、と袖のゆくえをわたしは屈んでみておりました。たぶんそれは、未来ではなかったように思います。

いんのよめご
いんのよめご
日の昏れさまに五位鷺ぞ

夕闇の降りている足元の草にむかって屈みこみながら、祖母がそうも言ったかと囁いてみると、ほんとうに、昏い川口のあたりで、ぎゃあ、と五位鷺が啼くのです。

しんのしまいにゃ　舟まんじゅ
お八重がむすめは　いんの耳

どうしてこういう言葉が今ごろ出てくるのでしょう。ものごころつきはじめている耳に、闇の中からいちまいの絵が浮かび出るようなぐあいに、言葉も来ました。前の世のお燈明の前に、ぼうと浮き出ている舟の形のおまんじゅう。

　自分と同じ三つくらいのお八重がむすめが、葦の中から顔を出していやいやをすると、はらりと髪が振り分けになって、白い犬の耳がしいんと聴いている。ぽちゃりと水の音がする。

　声だけ知っている五位鷺は、川と海のまじわるあたりに夕闇が湧いてくると、啼く鳥で、葦原をさやがせながら風が流れてくると、あの顔が出て来て、葦の根元に揺れる水の輪を闇が包んでゆくのです。

　ある日老婆がまた、

——犬のよめごが、蓮の舟よば、

といいますと、孫がそれを受けていうのでした。

——犬の婿殿の名は、なんち、いわるかなぁ。

——ふふふふ、三日月さまよなぁ。

老婆は嬉しいうたを囁き聞かせるようにひそひそと申します。

——ふふふふふ、三日月さまよなぁ。

孫は、祖母のものいいをそっくり覚え、その魂に描かれる絵に夜の海が拡がって、三日月さまがあらわれます。

　このような会話を交わしあったわけではありません。盲で気のふれた老婆と、その孫娘がやっていたのはたぶん、声に出さない言葉の所作事だったと思われます。雪国の子どもたちがつくって遊ぶというあの〈かまくら〉に似た、いわば〈声のない言葉のかまくら〉をつくり出し、ひとには見えぬその洞《うろ》の中に這入って、遊んでおりました。現世からすこしはずれた仄暗がりに、ふたりだけのかまくらをつくって。

　ひとには見えぬその洞《うろ》は幼女にとって、たぶん最初に意識されていた劇の宇宙でした。覚える片端から、言葉は、演じるためにありました。老婆の言葉は、立ちゆらいでいる生の実質でした。自他のいのちの劫火に焼かれて煎じつめられ、立ちのぼる間ぎわに開放されるあの声音、巫呪の井戸を立ちのぼって来て、ふっとうたや笑い声になってしまう、鎮めの声音のたぐいだったろうと、今にして思うのです。化けるまではゆかなかった気ちがいさまが、稚ない孫と交わしあった世界はしかし、化けて出たいものの愉悦にみちていました。

　ことば所作事をやっている時の、夢みているような哀しさ。洞《うろ》を一歩出れば、いや出なくとも、現世の石礫、言葉の毒矢が、どこから飛んでくるかわからないのでしたから。

　この、演ぜずにはやまない心とは、いったいなんなのでしょう。生まれたてのみどり児を二週間でも手元において眺めたものは、そのおぼつかない魂が、まるで前世の哀しみを、そっくり持って来てしまったのではないかと思うような表情で、ひとり泣きするのをみて動転します。

親は居っても、この世のひとり子が、ここに産んで落とされたと思わぬわけにはゆきません。けれどもまた、何にむかって咲《え》まうのか、花が夢みて咲まうように微笑むのを見れば、いったいこの魂は、どのような美しい国から来たかと思うでしょう。このようなとき、人の親になったものはひとしなみに、最深の宗教に触れているのかもしれません。そしてまた現世の辛酸は、二つや三つの魂にも、大人たちと等量にやって来て、幼児はよるべない魂のまま、生きはじめるほかないのです。

世俗の外縁をさすらう乞食や狂者と、夢のようなおさなごが、束の間倖せな出逢いをする物語が無数につくられるのは、赤んぼと乞食が、同じ輪廻の中にあるからでしょうか。風土と自然は、そのようなものたちが出逢うための、永遠の大地としてありました。

この世にはまた、魂が自分の生身にしっくり添わぬ人間もいるのです。魂の方も生身の方も、往く先々でいろいろやり損なうそのしるしに、水子のような言霊《ことだま》が、なんと無数に流れてゆくことでしょう。けれどもまま、その出来そこないが、他の人生のそれと絡まって、思わず互いに毒素のようなものを吐き合ったりするのを見れば、生まれそこないの言霊たちにも、生身の恨みがこもっているのかもしれません。

風土はもとは、そのようなものたちの国としてありました。それぞれの生《せい》の色と形を持った山川草木、生きざまを持った鳥けもの、虫たちや人間たちにふさわしいひとつの島、続きの島というぐあいに海の中に出土してひろがっておりました。

人にはまた、おのが未来だか、ありし日の哀しみだかを祀りたい哀憐のゆえに、この世に向き合う相手を失ったものたちの言葉が、葬送めくのもいなめません。たとえばわたしのあの気ちがいさまなどは、そのような祀りの中から、現世にまぎれこんでいたのでしょうか。幼い者とても、この世のどこかをうっかりめくれば、血の霧が噴くように思われて、さすらってやまぬ気ちがいさまを探し探してゆくうちには、その人と同じところへゆく道を、どうやら覚えてしまったのかもしれません。

人はその生のぎこちなさに応じて、おのが魂に見合った洞の中に住み、生身の内外《うちそと》を往き来しているのでしょうか。えてして、あちらの世界とこちらの世界とをとり違え、気がついてみたら、立ち往生しているものたちのいる所だったということを、わたしはいいたいのかもしれません。わたしの風土はそのような言葉で、自分のありようを伝えてくるのです。

夢の中を通り抜けて振り返れば緋の色が見えて、それは現世の方に咲いている彼岸花だった、天草はそんな季節でした。この世と自分との反《そ》りのあわなさの間に、風土がわだかまっているのではないかと感じながら、いつも不知火海を渡るのです。

こちら側から不知火海を渡ってゆく距離と、父の時代の人たち、ぁの、「からゆき」と後に称《よ》ばれる者たちが、そこの岩土や木の根を、ひと足ひと足踏んで、蔓草に絡まれながら往った道を歩きました。おそらく藁の足半草履《あしなか》だったでしょうから、かれらが出郷した距離とは、距離というものの中身が今となってはまるで違いましょう。年の頃は男の子たちが十四、五歳、からゆきたちもその前後、子守り奉公やら、百姓奉公に出される者たちはもっと幼くて、十歳前後、同じ村内のひと山ふた山向こうの奉公先というのは、しあわせのよかったうちで、それでも日暮れになれば、親の家が恋しかりよった。おなごの子の子守りなどは、背中の子が泣けば、自分の方がうんと悲しゅうして、もろ泣きしよったろと、晩年を迎えた馬車引きや牛方たちと、父が囲炉裏話にしておりました。

九つや十の年頃で、背中に聞いたものさびしい山鳴りなど、人はその後の人生のいかなるときに思い出すのでしょうか。幾曲りもする峠道の、どのような樹立ちのあいから、家も村も見えなくなったのでしょうか、くどや囲炉裏の炎の色を、他郷でふっと思い浮かべるとはどういう思い方なのか。幼い日に見あげたカラスの巣は、なんの木の梢、道はどのような道、くゎくゎらの茨が、稚ない踵を取って引いたでしょうに。

なにしろ、「馬も通り難《にく》しゃしよった石のごろたの、山坂道」ということだったそうですから。家の猫は子を生んでいたのでしょうか、犬は草の波打つ小道をくぐって、どこまでついて往ったのでしょうか、道の曲る所にまぐさが匂ったら、そこはもう村の出口で……。このような島では、犬猫馬牛さえ、まじまじと見あげて来てそっと人に寄り添い、人はまたそういうものたちを、他家のであっても、逢えば自分に添うものたちとして愛《かな》しがっていたのでした。

なに様でもない、ただひとりの百姓土方の来し方を辿るさえ、往ったことのない地図に、いくばくなりと思いを重ねて生き返らせぬことには、そこへゆき着いたことにはなりません。不知火海を渡るには渡ったが、手漕ぎの舟でなく、ガルーダ船しか今はなくて、もうはや、海の上から距離をとりちがえてしまったと思っていました。

そうは云っても石のごろた道が甦るわけではなし、そこであのものたちに習ったあやとりを、手繰り直してみたりもするのです。躰は十数回渡っているのに、魂はいつも手前の方にひっかかっていて、あやとりなんぞを始めるしまつなのは、口をへの字に曲げて、あの痩せっぽちの父が、

——ふん、字ぃのなんの、ぺらちゃら読む奴どもに、当たり前の、そこらにある物差ししか持っておらぬ奴どもに、天草の山ん中がわかるか。書物でわかるか、お前がちいっと勉強したちゅうて……。

と、あの世でそっくり返っている口ぶりが耳についているからです。女学校にもやれず、勉強もさせなかったくせに。

たぶん彼は、「字ぃのなんのぺらちゃら読む奴どもの物差し」で、自分や天草のことを計られそうになったことがあったのかもしれません。彼はその、無学という資格においては、それを軽蔑するに価したろうと、かつても今も「親の言うことをきかん娘」が、ひいきしてやりたいのは、存念あってのことなのです。物差しといえば、あの曲り尺というのをいつも持っていて、石や大木や川っぷちにあてがったりしておりました。せめてあの頑固そうな、曲った物差しの使い方なりと教わっておけばよかったものをと思いかけると、浅はか者がと、火の熾《とき》のついた薪を振りあげて、よろよろの仁王が立ちはだかるのです。

道路工事の請負いをやって、町当局から貰ったという柱時計は、前の戦争中にこわれてしまっていました。米の俵を踏み台にして、その上にかかった柱時計のネジを父が巻いている姿というものは、時間を合わせるためというよりは、潰れた家をその細心な指先のネジ加減で、起きあがらせるつもりのようにも見えました。まだわたしが生まれぬ前にわが家に出現した六角形のこの柱時計は、辺地の下層庶民の、大正ハイカラ時代のしるしだったのでしょう。磨いたりこすったり耳を当てたり、いうこときかぬ操り人形を眺める傀儡《くぐつ》師《し》のような目つきになって、父は振り子を操って煩悩をかけていました。文字盤が悪いとでも思ったのか、養豚の小組合からでも貰って来たのでしょうか、白いチョークを持って来て、煤けた文字盤全体に塗り、墨汁で数字を書き直しさえしました。

振り子はまるで、イヤイヤをするためだけのように、二度ほどずつしか往き来せず、直す人間よりも頑固でした。もちろん、家が立ちあがるなんてことはありえませんでした。あの頃からもう、焼酎中毒のこの老石方が、天草から出て来た時間は、どこかへ繰りこまれてしまったのです。白いチョークと墨汁で文字盤を塗られた柱時計を残して。

こわれた時計に接続された世代の違う時間の前で、一本足の塞の神か、案山子のようにたたずんでいる彼の姿をわたしは思います。その口説は鞴《ふいご》に吹かれた火の熾《とき》みたいでした。熾《おき》のことをここらでは火のときというのです。炎が燃えあがるか、消えるかは火のときの性によるのです。鞴には、鍛冶屋だけでなく、石屋にとっても縁の深い神が宿っていて、荒神だと言っていました。荒ぶる神はもうどこにも見あたりません。ひょっとして荒神は、鞴と間違えて、あの石方に宿っていたのかもしれません。

時間とか距離とかを思いかけるだけで、たちまち今書いたようなものたちの影が、わらわらと起き上り、虫食いの地図のかげから、おいでおいでをするのです。

天草へゆく距離とは、暦を逆さにめくってゆく旅でもありました。風土が暦そのものでもあることは、姫浦層などと呼ばれる古生代からの地質の断層を見てもあきらかです。〈九州本土〉から渡って、小さな岬の端などに露出している、この島特有の岩層をひとめ見て、土というものに、ほとんど生命的な親和を感ぜずにはおれぬわたしは、胸潰れるばかりの思いがするのです。それはなんという表層のうすさであることでしょう。この島の土質の、あまりに酷烈な様相をまじまじと見て、逆にわたしは、土というものの生命の奥深さをみる心持ちがするほどです。

ひとりの人間に宿る想念の道すじこそは、自他をわかつ個のゆえんです。他者にはたどりきれぬその道すじは、それぞれの御先祖さま方に、つまり出自の冥路の中を連れて来てもらったのでしょうから。いまやわたし自身が、風土の年月で刻まれた文字盤の上を、とてつもなくゆっくりまわる時計の針のようなものでした。時の刻み目のしるしには、〈九州本土〉よりは色あざやかな、櫨《はぜ》の紅葉が綴れていたり、渚をめぐる道から「かんころ藷」を干した筵がなくなって、プラスチックの甘夏柑の出荷籠が出現したりしていました。山々のあいをゆくと、色のうすい桜が、いや桜の色は本来うすくてこそ花の色であるのに、それにしてもなお、草の色や山々の色も、桜さえ色がうすいのでした。彼岸花が赫々としている季節にさしかかると、この島に煩悩のあまり、酩酊してしまうほどでした。

そのような地層の中に所をえている、化石の巻貝たちのようなぐあいに、あの肉声を入れたまま、わたしの知っている〈天草渡り〉〈天草流れ〉の人びとの日常もある筈でした。どのようにそれは続いているのでしょう。わが父とおなじ姿の塞の神が、なんの樹の下に立っていることか。弥生や縄文とはいわぬ、天草・島原の乱の頃への思念もがまんする。せめて、ほぼ百年くらい前から現在までの、不知火海の両岸、その風土とそこで生まれたものたちの日常はどのようなものであったか、知りたいと思うことです。あの無学者のカンにさわっていた物差しをとり払うために。なぜなれば肺病やみの年寄りの、あの石方が言っていたことには、日本近代の成り立ちと最下辺の民との、位相のありようを解きあかす情念の核が、示されているからです。

そうはいうものの、天草をまじまじと海の向こうに眺め暮らしていたにもかかわらず、舟に乗ってゆくということを、長い間わたしは思いつかずにおりました。この感じはとても不思議です。畑や弟妹や子どもを養ったり、豚やトリや親を養ったり、その続きで気がついてみたら、うつつの水俣の地獄草紙の中にいて。

お前はこの世に生まれて何をしていたか、と風土の神に問われれば、はい、気がついたときには、川で、鍋や釜や茶碗やからいもや、大根菜っ葉、漬けものなどを洗っておりました。背中には妹や弟たちがおんぶされていて、洗いものをしているとおしっこをするので、ついでにおしめも自分の背中も洗って、その続きで自分の生んだ子をも洗っておりました。

それから何々をしていたか。

はい、海辺で寄り木の薪をとったり海苔をはいだり、一日が一生ほどにも感ぜられていました。それとて退屈という程ではなくて、子どもをおんぶして海辺に立って、うたを歌うやら、好かん、もう、あん人たちは好かん、と怨じたりするたのしみだってありました。そこでほんのり気がとがめて、口から吐き出す悪霊どもを呑み込んでくれる、もひとつ巨きな口が見たくて、つまり海がその役目になってくれるよう祈ったりしておりました。曾祖母も、そのまた曾祖母たちも、みんなそうやって日々を暮らしていたと思います。わたしはその妣《はは》たちにならっているだけです。

お前はこの世に生まれて何をしていたかとたずねる神があれば、わたしはそう言おうと思っているのです。つまり日常とは、海が巨きな口に化けるようなものだと、わたしは思っているのでした。じっさい、目の前で海は化けました。なにもかも、あのことをも呑みこんで、何事もないたたずまいで。そしてわたしといえば、夕闇どきにゆき来する、かのものたちのように、相変わらずいろいろ歌うのです。口を開けて待っている海のために。

そのようなとき、わたしの中にはあの気ちがいさまが来て坐っているのでした。昔、——三日月さまよなあ、と手を曳きあったりしていたときのまんま。わたしは歌っているのではなくて、あの姿なき五位鷺のように、ただ、ぎゃあと啼いているだけかもしれません。

こうして海のほとりにいることと、向こう縁《べた》に渡ってゆくということは、あやとりの糸の筋が、ある日ふっと、ちがう流れの模様に変わるようなものでした。そしてその、新しい糸目の模様の中に、やっぱりまた、お八重がむすめの耳が浮かび出て、川の水と潮のまじわりあう時の、闇の満ちてくる気配がするのです。お八重がむすめ？　はて誰なのか、もの心つきはじめに感じた下層庶民の、韻律から生まれたむすめかもしれません。

三つのその子が、――はんのが娘は鳥の耳、とうたって、自分の耳をぴくんとさせたような気がします。わたしの母の名は春野ですから。女岳の岬の上から、あやの糸目の、向こうの海の底へむかって、ああ、また逢うたなぁとわたしはいうのです。

天草下島は不知火海側の中ほどに小さな湾を持っていて、それはやさしい名で、宮野河内湾というのです。湾を下から包みこむように梶木岳という頂を持った小半島があります。その先に女岳という名の岬がさし出ています。下方に産島という名の小島がくっついていて、この島には、神さまだけしか今はいらっしゃいません。宮野河内湾にむかいあって鹿児島県側の獅子島、諸浦島、伊唐島、長島と続き、下島の先端とともにその海岸線は東シナ海にむかってひらいています。

わたしの乗ってゆく舟は、たいてい、獅子島と諸浦、伊唐の二島が並ぶ間を通って、産島と梶木崎の間の八幡瀬戸から深海の波止につくのでした。そこから海岸沿いに北上しながら、いつもえたいのしれぬ気分にとらわれます。川と潮がゆき交うときのような、雲と海が入れ替わるときのような気配が、一本の杭のように立っているわたしを包むのです。

半島のくびれの内側に、鏡の溶けたような色の海が、たらっと光っていました。岸に、四つ手網が漬けられていました。張った網の四角に、吊り手をつけただけの、一人の人間が引き揚げるだけの網なのです。とろとろ夢みている白魚たちが、揺り籠にいる気分で引き揚げられるのでしょう。このような漁が、音もない世界の、絵の中のことのようにくり返されるのをよく見ました。

——お前は、網の中に入って来たとじゃけん。

やっぱり酔っぱらっていて、父がうふふと笑います。わたしはこの磯のほとりで生まれたらしいのです。

下島を横断する道をとって、西海岸へ出ようか、それとも海岸線を南下して牛深へゆき、西海岸へ出て、深くくびれた羊角湾を上って下津深江にゆくとしようか。

——ゆかるもんか、天草のなんのに。お前どもがような、今どきのなまくらもん共に。

枯れた樹の姿がそう言って、光の皺のように海の上にしぼみます。

(わかった、わかった。至近距離のなんの考えたらいいかんなあ)

あやとりの形をしてみながらわたしはそう答えます。両指に糸を絡ませてする遊びを娘に教えながら、ごほごほしわぶくと、焼酎の霧がひろがり、そこらじゅう匂いました。その頃から肺病で、いや珪肺病だったのかもしれません。

——たった一本の糸が扱いようでどうなるか、糸の筋がどうなるか、道をかけるちゅうのも同じ理屈ぞ。

揺れている両の掌を海がうつし出すと、左のくすり指の中程から先がありません。「馬に食わせた」のですって。ハミ切りで草といっしょに切って。尋常小学四年を卒業して、百姓奉公に出されたときに。しかし馬を、人間などよりは尊敬していました。

糸はもうあるべき指の、無いところでするりとかけ違ってしまい、首のない地蔵さまやら、もつれた烏瓜の蔓やらが溶けている海に浮いています。

——馬を見つけて、馬に乗せてもろうて、いっぺん帰ってみようか、天草に。

そういうと、あの止まりかけた柱時計の振り子のように、とがった両肩の間から首を垂らし、その首を振って喘鳴の底からいいました。

——馬？　馬の心持ちが、お前どもにわかるか。馬が、どういう難儀をして通りよったと思うか、あの山道をば。天草、天草と簡単にいうてもらうみゃ。

父はもう死ぬのだろうとわたしは思っていました、火のときの消える昼間の鞴のように。そのあと静かでした。

その日の糧もなかった親に、食べさせることも、ちゃんと養生させることもできない娘でした。養えたにしても、

「呉れた娘に、養うてもらう程、落ちぶれちゃおらんぞ」

と、誰が見ても、どん底の貧乏人がいうのでした。それにしても、ただならぬ憤怒の一生は、貧乏だけのためとは思えません。卑屈さのかけらもなく、

「おう、天草の下津深江の、水呑み百姓のせがれぞ、土方石方ぞ」

と名乗るときの、あの気位から考えれば。もしや名刺などを作るとすれば、「天草天領水呑百姓、白石亀太郎」と書いたのではありますまいか。

しかし名刺を激烈に軽蔑していました。

下島の頭の方の本渡から、山越えして福連木《ふくれぎ》を通り、下津深江へゆこうかしらん、父の生まれたところへと考えかけて、いやいやそこへはまだまだゆきつけまいと思うのです。そう思わせることは、ひょっとして、死んだ者たちのたのしみごとではあるまいかと思えて来るのです。ここらあたりから出郷して九州本土なり、唐天竺なりに往った人間たちの、足の跡を逆に踏んでゆかねばならん、と思わせることは。

してみると、このような風土というものは、死者と生者のゆき交う道のあるところだというべきかもしれません。ただならぬ瘦せ土は、あの気位男の出生地にふさわしく思われました。

――天草、天草ちゅうて馬鹿にするが、下津深江の付近からは、日本一の陶石も出れば、無煙炭も出るとぞ。〝常々《じょうじょう》からいも鰯の菜《しゃあ》〟ちゅうて馬鹿にするが、天下さまに直々さしあぐる米をつくる天下百姓のおる所ぞ。本渡にゆけば、舟を通す跳ね橋もあっとぞ。跳ね橋は、日本にゃ東京勝鬨橋と天草だけぞ。

その跳ね橋はロンドンにもあるのだと教えてやれば、それなれば世界で三つと喜んだでしょうに、娘の無学もたいしたもので、その頃知らなかったのです。辺境へゆくほどに、日本一というのがある見本みたいですけれど、このような痩せ土に田をひらき、人だけでなく舟を通す橋さえ架けて、この島の人びとが造った形がそこにある。人の形は死ぬけれども、手の跡が、遠い代から手塩にかけたことどもが、そこにあるのだと言いたかったのでしょう。

わたしは歩きながら竹ぎれを拾って、露出している表土のそこここに差してみました。いったいこれは、なんという土というべきか。砂に似て砂にあらず、赤茶けた岩の砕片でもありました。鍬をとって耕してみればわかるのですが、草や木の葉や、藁のたぐいが腐葉土となり、人や牛馬の排泄物のとろけたものと、ほどよい雨のうるおいによって、ふかふかに養われた土が、あの鍬先をざっくりと深く嚙みこんで、磨いてくれるこころよさを知らないでは、人は縄文の昔から、農耕などやって来られたものでしょうか。

そのような土に播いて育て、稔らせ、次の種を用意するすべての過程を、自分の五官に通過させてこそ、万物は性の原理で生き死にすると感ぜられたことでしょう。せいぜい平均して十糎《センチ》もあるでしょうか。浅い浅い表土でした。竹ぎれを差し、鍬先の感じでわたしは計っていました。

人間には、何かを可愛がりたい本能があって、生きているものを対象とせずに、石や銭を可愛がるにしても、もとはと言えば、原初の昔に点ぜられた、エロスのなせるわざであろうと考えていると、鍬先の感じが薄い土をすくって、がつっと音を立てるのです。この土に水を含まそうとしても、一粒一粒がばらばらに分解して、水とともに流れてしまうに違いありません。台風の通る道すじで、雨には恵まれているのに、それを蓄える地力を持たぬ山また山。このように命の薄そうな土に煩悩をかけて、ちいさな島のひとつを、百段畠に仕立てたお大尽の話を創った天草の心根を思います。

客人があるたび百段畠が自慢で、下から数えあげてみせる畠持ちのお大尽がいたが、その日はどう数えそこなったか、九十九段目まで来て百段目が足りなかった。腰かけて一服してからまた数えるかと、鉈豆《なたまめ》煙管をくわえ、ひょいと足許を見たら、足半《あしなか》草履の片っぽの下に、その百段目が隠れていたという話です。足半草履とは文字通り、足の半ばまでしかない藁草履のことをいうのです。渚の岩や木の根道を踏んでゆくうちに、あしのうら全体まで伸びて来て、伸びて来た頃にはもう緒が切れてしまいます。それをも捨てずに、畠のこやしに返してやるというぐあいです。

十歳前後の子ども達はもう、自分の履く足半《あしなか》が作れていました。二日くらい履くのが限度で、半日で履き潰すほど足力《あしぢから》のある者ならば、それに要るほどの藁を、つまり米の成る木を作り出せる筈だといわれていたものです。

草履に編み込まれる一本一本の藁しべに、いったいどのくらいの日数の陽がさしていたのか、あの天体の光を大地との間に踏んで、身を軽くして働いていた者たちがついこの間までいたのでした。性の神が豊饒の神であるいわれを、農漁民たちは日々生きている五官で、日と月の暦を呼吸しているものの身じろぎで、感じ続けていたのだろうと思うのでした。網を伝ってくる魚の身ぶるいを、腕に受ける時とか、鍬の先や、素足の下の土にこもった陽の精が、身の内を貫いてのぼるときに。

一鍬すくって見て、平らな刃の上に残る土は、本土のそれにくらべたら少なかろう、痩せた山の形をした、薄い土が残るだろう。段々畠を耕したことのある腰のきしみぐあいでも計ってみました。鍬の先ですくえる土が薄いからと言って、それが軽いとはいえないのだと視ていると、その土の上に、ある光景が、浮かんで視えます。

――鳩の尻のすただれの所に、這い上ったもののくせに。

そう言われている人たちの、這い上ったさまを、少しは見聞きしているというべきでしょうか。すただれとは、したたりに近い意味なのですが、鳩の尻のすただれといえば、小さな山の裾が海に傾き、落ちこむような地形をいうのでしょう。そのような海際に、したたりすただれ落ちて来て、岩層のはしに付着した泥のたまりは、下から受けとめて杭を打ち、石のごろたのようなもので囲って、海へ流れ出ぬようにせねばなりません。一尺の泥、一寸の泥。雨の度にすただれてくるそれを受け止めるその根気のつよさ。一坪とよべるのに何十年かかるのか、わたしなどはとても待てることではありません。

はじめは片平屋根のような小屋をかけ、だんだん両屋根になり縁が付き、縁の下に潮が満ち干きしていようとも人が住めば家となる。そこを土地というべきか、もとはなかったすただれとは、それを造ってゆく営みに、半ばは感嘆しつつ眺めているのがわかる語感です。

とある水俣病一家のことを、「土地台帳にもなかった磯の端に、すただれ泥をかき集めて、這い上った人たちで、元は、舟の上におらした天草の者」と村の人たちがいうのだと、やはり親が天草の、あの川本輝夫さんに教えられて気をつけていると、海つきのそこかしこに、そのような言い方があるのでした。

天草のような島に生まれて、出郷せねばならぬ者たちが、いずれの岸にも知るべなく、もちろん土地のひときれもないとき、山の傾いて来たその尾骶骨のあたりの、磯にたまる泥を受けとめ、五年で半坪、十年で一坪と、まだ来ぬ泥をかき落としたいおもいで待ちに待って、陸を持たなかった舟ざれきの身の上が、片平屋根をかけてとうとう這い上る。そのさまはあの、海岸線にえんえんと付着している牡蠣殻や巻貝たちのさまにも似ています。

地つきの共同体が、手を伸ばしてひきあげてもやらぬかわりに、見て見ぬ振りをしていたのは、山や崖をすべり落ちて海に入るべき泥に対して、所有権をいうのを思いつかなかったからかもしれません。もちろんそこには人の情というものがあり、そのように這い上ってくる者の姿に、自分らの分身を見ているせいでもあったのでしょう。

人間のみならず、いのちというものは、それ自体だけでは生きてはゆけません。ひとたび母胎から産み落とされたものも、母胎に替わるものを探し、根づこうとして止みません。牡蠣にはいかなる思案があって、磯辺の岩に住み家を構えたのか、潮が満ちたり干いたりするそのあわいから、牡蠣にとっての風土がひろがるように、わたしの不知火海が視えてくるのでした。

　掌の上にある土の微粒は、鳩の尻のしたたりであるのみならず、この島の命のしたたり、いやその結晶のようにみえました。一見酷烈な痩せ土に、島の人たちが情を移さずにいられぬのは、風土のいのちの結晶をつねづね掌にしているせいかもしれません。いやいや、こういう土だからこそ、土地の精霊が宿っているにちがいありません。そうでなければ、わが痩身のふいごの神が、あれほどとろけるように笑みくずれて、足半草履の下に隠れていた百段畠の頂のことを話す筈がありません。

　水俣の磯に立てば、天草までは直線距離にして近いところで七里、父の生まれた村までは十五里、熊本市からならば五橋がかかって百粁《キロ》あまりです。バスで熊本から四時間、水俣からは舟で二時間半、さらにバスで二時間半。もうよく勘定してみたら十回以上行き来してみるのに、彼の出郷の日のところまで行きつけないでいます。

　――連れてもどろ、連れてもどろちなぁ、こういう涯まで来たものを、年寄りをばだまかさす。二日で戻らるる、一日で、飛行機で日本になあ、天草に戻ろやちゅうて。ここまで来た日の数が八十年……。もう戻られませんなあ、遠うに来すぎて……、ひき返そうにゃ命の足りませんもんなあ、もう、後生願うばっかりでございますがなあ、こっちの国のお経で。

遠い他郷でたったひとり逢った、からゆきの婆さまがそう言いました、マレーシアのコーランポで。

――犬の嫁御に売られずに、しあわせのよかと思え、いんばいに売られずに……。

そういう父の肉声が、耳のはたでいたします。

――いや、いんばいになりにゆく。

三つのその子が赤いフランネルの、膝までくらいの腰巻きを着て、同じもういちまいを風呂敷に包んで抱くと、わははは、わはははははと、波のひろがってゆくように、爺さまたちが笑うのでした。囲炉裏のまわりには、年寄りになった、もと馬車ひきや舟乗りや、出し五郎たちがいました。気ちがいさまが、木の葉のささやき声でしわぶきます。

――三日月さまは、よか婿殿……ふふふふふ……。

その犬の、いや狐たちが三日月さまの夜に、遠縁のいる天草の島々をたよって、こちらの岸から不知火海を渡って往ったというのです、あの会社がやって来た明治末年の頃に。いまはもう名前さえ、「会社の後ろのはげ山」という名になって、草も木も岩も、墓の石も溶けてしまったしゅり神山は、もとは狐たちの山でした。たくさんたくさんその棲み穴があって、天草の島々の見えている、眺めのよい彼らの集落でした。五月になれば躑躅《つつじ》の花の名所で、人間たちが花見の場所に借りに来たりして、帰りには油揚げを、場所の借り賃に残して行ったというのです。

天草から来て水俣の大廻《うまわ》りの塘《とも》に着く舟をみかけると、狐たちは落ち着かないような、おろおろしたような様子でたたずんでいて、舟の人たちがもの云いかけるのを待っている風情でした。

——なにか、あんたたち、ご用どもじゃ、ありやっせんとな。

人びとにはその時、しゅり神山の狐たちということが、ぴんと来たということでした。

——あの、えらい頼みにくかご相談ですばって。

それがあんまりもの慣れないような、遠慮ぶかい声音だったので、聞いた者は、かえって気をつかわずにはいられないのでした。

——あれまあ、なんのご相談でしょうかなあ、わたしどもにでくることでしょうかなあ。

——あのう、あのはい。ああた方にしかご相談のなりませんと……。

——んまあ、そりゃ、何でしょうかなあ。

——じつはその、舟に乗せてもらおごつあっとですばって。親の島に渡してもらおごつあっとですばって。

——あら、そんくらいのことならやさしかことですが。戻り舟ですけん。よかですよ。

——あのう、渡し賃な足りましょうか。

と狐はふところからそれを出して見せて、

——まちっと用意の出来ればようございましたが、急々なことで、思わぬ災難に遭いまして、じつは訳を言わんばなりませんが、その、家屋敷ばおっとられまして会社の人たちに……。向こうに渡って暮らしの立つようになれば、一家眷族かかって働いて、きっとご恩返しはいたしますけん。

——そりゃまたえらい気の毒な。そのよな時に、舟賃のなんの、なんの心配の要りまっしょ。気持ばかりでよかですよ。

そういうやりとりがあって乗せて貰うのでしたが、しゃにむに御礼をと言って、舟の艫《とも》に置いて行った中には、どうやって調達したものか、ほんもののお金もあったそうで。

舟に乗るとき、必ず、もじもじする様子で、

——えらいわが勝手ばっかりいうて、お願いしにくうございますが、その舟のあの、艫の方ば、こっちに着けては貰えんでしょうか、表の方じゃなしに、艫の方ば……。

渡してやった者たちは、ははぁ、表には、船霊《ふなだま》さまのおんなはるけん、狐どもが憚ったのだろうと思ったのでしたが、幾家族も幾家族もの大移動だったというのです。

——たちの悪か判人にひっかかりまして、恥ずかしゅうございますが、字ぃ知らずに、メクラ判を捺してしもうて、家屋敷をおっとられまして。

——それはまたまた、気の毒なぁ。乗せてあぐるどころじゃなかですが、それでどこまで往きなはるか。

——はい、長島まで。あそこが母の出里《でさと》でございますけん。

泪さしぐんでいた、品のよい後家さん狐もおったと、今でも哀れをこめて語られるのです。

そのような渡海は、たいてい月の細い夜でした。後に残った狐たちに冬が来て、雪のちらちらする夜中になると、削られてゆく山の下の、会社の鍛冶場のふいごのぬくもりの上に、親子連れで当たりに来ていて、朝になってふいとう(サイレン)が鳴ると、あと振り返りながら、遠慮しいしい帰ってゆきよったもんだと、草創期のチッソ現場の先輩たちは、語っていたものでした。

生身はもう引き返せぬ境を遠く来て、ひたすらこの海を渡って往った狐たちが恋しくて、その縁家を探しているあけくれです。漁師たちがもらったというあのときの、木の葉のお金を見せて貰いたいために。

岬の形が幾曲りもする海岸線は、ところどころ鋪装されて、地質の断層も、コンクリートを吹きつけられたりしていました。自分の影が、そのようなコンクリートの中を通り抜けて、地膚の中に滲み入ってゆくのが感ぜられました。

昔のまんまの渚の形がそこに現われます。埋もれている舟の残骸が、舳先《へさき》の首をさしのべます。あの影たちが乗って出た舟かもしれません。昔のまんまの岩が、牡蠣殻の模様を着てそこに居ました。

ふとみると渚に島の影がうつっていて、崖のはしに、櫛がひっかかったようなぐあいに、わたしが挿さっているのでした。

（「暗河」第二五号一九七九年一二月）

III 命のほとりで——随筆

気配たちの賑わい

わたしのまわりの明治世代は、「川のあんひとたち」とか「海のあん衆《し》たち」とか称ぶとき、声をひそめ、あたりをちょっとうかがうような様子をする。

その様子からするとあの衆たちの方も、むきつけにその気配を現わすのではなくて、ちょっと離れた壁の隅だとか、そこらあたりの木の下闇とか、うつつではない境界をへだてあって、互いを意識する模様である。

けれどもなぜか、あの衆たちの中でも、蛸だけは、陽のある間の陸の上に揚がって来て、人びとに目の賑わいを残してゆくのである。その爺さまは水俣病で死んでしまったが、こんなふうに話していた。

わたしどんが小《こ》まか時分にゃ、あの衆たちのちょくちょく出て来て、賑やわせおんなったばい。今はなあ、めったに、出て来なはらん。

電気の来る、汽車の来る、往還道《おうかんみち》の来るしてな、今はあの衆たちの居り先の無か。

わしどもが学校にゆく時分にゃ、ここの先の曲り谷に、丸木橋のかかっとりよったですもん。まあ、だいたい学校生徒は、戻りにゃ遊んで帰りますもんな。木に登ったり、谷に下ったりして、鞄は手にぶら下げたまんま。戻れば、我が家の仕事せにゃならんけん。椿どきには椿の木に、楊梅《やまもも》どきには楊梅の木に、ほういっぱい登ったりゆさぶったりして、遊ばせてもらいます。そういうふうで、丸木橋渡るのも、よか遊びでなあ。その丸木橋渡れば、粒の太か、よか楊梅の大木がありよりましたですもん。

まあそんときも学校の帰りでしたが、かさかさ音がしよりますもん、丸木橋の下で。ひょいと下見たら、木の葉どもが集まって、動いてゆきよります、水も無か谷の下で。もう魂消《たまが》ってなあ。

小うまか谷で、ご存じのように、あそこは、満ち潮のときは、上の方まで潮が登り下りします。その潮も干いてしまえば、真ん中に、ちょろちょろ一尺幅ばかり、真水が流れますたいな。

ところがその、水のある所じゃなか、乾いとる脇の方に、木の葉やら、楊梅のこぼれ実やらが、こう、もつれ合うて、もくもく動いで下りよるですよ。

ありゃ、もぐらかね、そげん思うて見よったら、何かちょろりと木の葉の下に見えたですもん。ひや、と思うたら、それがあの、蜷《ながし》の足でなあ、もう魂消って魂消って。

丸木橋渡ればもう楊梅の樹で、ちょうど梅雨晴れのよか天気で、あれの実が一番甘うなっとる時ですもん。蜷は楊梅好き、楊梅の木に登るち、小まか時分に、爺さんたちから聞いとりましたばってん、あらー、まこてほんなこつ、蛸があぁた、楊梅の実を片手に、あとの七本足で、木の葉をうちかぶりうちかぶり、逃げよりますもん。これにゃもう魂消りました。きっと、わたしどもより先に、登っとったにちがいなかですもん。悪たれどもが、学校戻って来たぞちゅうことで、おろたえて、すべくり降りましたっでしょうなあ。登ろか、どげんしようか、その大木見てみたら、谷にさし出た小枝の先の、つん折れとりました。

それば見たとき、ぞくーっとしてな、ひょっとすれば、山のあの衆たちじゃったかもしれんですもん。ありゃ、彼岸の醒めの時じゃろ、入りの時じゃろ、山ん衆たちと、川ん衆たちと入れ替わんなはるち。ひょっとすればしかし、梅雨どきかもしれんち、思いましてなあ。ちょうどよか頃に熟れますもん、楊梅の実の。

そってまあ、海の衆の姿になって、見せなはったかもしれんち、そん時思いましたですもん。

ありゃほんとの蛸じゃあったかしらん。赤か楊梅粒のついとる小枝をかたげて、木の葉を自分の躰に寄せ集めて着てなあ、すべくりすべくり往きなはったがなあ、よか熟れ頃の楊梅じゃったが。

（「民話の手帖」第六号一九八〇年一〇月）

乙姫さんと三日月と

もう死んでしまったけれど、熊本城から二里半ばかり離れた村の梅田ミト婆さまは、百十二歳まで生きていた。

自分の歳を八十くらいまで覚えていたが、それから後は妙な気がして、世間さまが勘定してくれる百と幾つなどという歳は、「本当は好かん」と言っていた。

昔、六十ぐらいの婆さまたちが、ちょっと華やいだ声で、

「年は六十でも心は十八」

と言っていたのを、そんなものかと思っていたが、ミト婆さまが、

「ずうっと八十ぐらいの気のする」

と言っていたその本心も、じつは十八と言いたかったのではあるまいか。そのような年齢の彼女が、「男さんたち」という時、ふっと十六娘のように初々しくなって、じつにこのお婆さんは愛らしかった。

母親と四人姉妹の家で、彼女の婿に親が定めてくれた人は二度目の人だったが、「こっ

ちの心は添わだった」という。

「最初好き合うた人を、どうしても忘れきれんだった」からである。その最初の婿殿のことを婆さまはこんなふうにいう。

「昔は、こっちから嫁にゆかずに、男さんの方から通うて来よらしたもん。しんから好き合うた人だったが、かかさんのやかましか人で、ああいう能なしに添うて、先々親ば見るか。見込みのにゃあ男ぞ、と言わすけん、その人は辛抱しきれずに、とうとう自分の我が家に、戻り切りになってしまわした」

まだ妻問い婚の時代だったのである。その好き合うた人が、

「一緒に逃ぐ!」

というてくれたのは、

「西郷さんのいくさが済んで、いっときして、世の中のちっと落ち着き出した頃」

であった。西郷さんのいくさは、彼女の十《とお》時分に、村を通った。

親や隣近辺の者たちが寄り集まって、慌ただしく、

「いくさがやって来るけん、女子どもを隠さにゃならん」

「女子どもも隠さにゃならんが、米味噌も、穴掘って隠せ」

などと言い合って、山蔭や藪くらに穴が掘られたりしていたのが、子ども心に珍しく感ぜられた。女子どもを、どこに隠したものかと言っているうち、カラスたちが騒ぎなが

ら、空いっぱいにやってくる。

「あら、カラス共がどんどんやってくる。こりゃもう、うっ始《ぱじ》まったらしかぞ」

という間にもう、あちこちで半鐘が鳴り出して、竹を焚き割るような、豆のいっせいに爆《は》ぜるような音がしだした。逃げる間とてはなく、女と、子ども家内だけで、どういう力を出したやら、畳を剥いで、

「家の中にもう一つ、畳で屋根つくってその中に屈んで」いた。

物凄いその音が、鉄砲の音だと知ったのはあとのことで、雷さまより怖ろしかった。ようよう物音がしなくなって、畳の屋根から首を出しかけていたら、男たちの足音がして、

「兵隊さんたち」が四人、この家をさしのぞいたのである。腰を抜かしていたら、男たちは、優しく丁寧なよそ言葉でこう言った。

「ほんにすんまっせんが、鍋ば貸して下はりまっせ」

それを聞いたことを思い出して、ミト婆さまは言った。

「かかさんの這うて出て——鍋なら、そこのくどに座っとります、そう言わした。そしたら今度は——ああ有難か、そんならそのくども、ついでに貸して貰おう如《ごと》あります、と言いなはる。かかさんの黙っとんなはると、——持ってゆくわけじゃありまっせん、ここで粥炊かせて貰おうと思うとります、そう言いなはるもんで、かかさんの安心して、——いっちょしか無か、つん欠け鍋でござりますばって、と挨拶しなはって、兵隊さんたちは、

自分たちの袋から米出して磨いで、飯《まま》炊きにしかからすのを、怖ろしながら、畳屋根の中から見ておった。お米の粥の、よーか按配に、匂いのしだした頃、また早鐘の鳴って、兵隊さんたちが舌打ちして、――折角炊いたカイもにゃあ、ちゅうて、鉄砲摑んではって往《か》した――」

婆さまはこの話をよくして、米など、めったに口に出来なかった時代に「怖ろしかまかせの一日」の、お腹にしみた粥の匂いを思い出した。いつまでも兵隊たちが来ないので、遠慮しいしい家族みんなで御馳走にはなったが、あの時の兵隊さんたちは、餓《ひ》もじい腹を抱えて、どうなったやらと気にかけていた。

婆さまは、西郷さんと清正公《せいしょうこう》さま（加藤清正）の名は知っていたが、このいくさで炎上した熊本城の城主、つまり藩主の名を知らなかった。

「おどま、暗きから暗きまで、野に出て地打《じだ》つばかり、昼ばかりじゃなか、月夜の晩にも地打って、自分げの畑じゃなか、よその畑に雇われて、雨の降りには、よその着物縫うて、誰と話しよったろか。土龍《もぐら》とども話しよったろか。誰も教えてくれんだったけん、お城の殿さんの名は、知らずにきゃあおった」

という。けれども、

「西郷さんと天朝さん方といくさしなはるのに、熊本の殿さんは、もう殿さんば止めるけん、いくさにゃ加担《かた》らん。加担らん替わりに、お城ば差し出しますち言いなったげな。けれども、折角よかお城ば差し出しなはったのに、両方して一晩で、つん燃やしてしまいなったげな、惜しいこつなあ」

と言っていたから、事の次第は正確に、彼女のような層にも伝わっていたのである。そのお城、二里半歩けば行ける所へ、彼女は百十二歳になるまで行ったことはなく、お城を現実に見たことがなかった。

「殿さん方は、たくさん居んなはるちゅう話だった。おるげの村には来なはらんだったが。先々隣のあたりにゃ、たくさん居んなはるちゅう話だった」

という話をよく聞いてみると、彼女が殿さん方と言うのは、侍衆とか、士族のことを言うらしい。お城より遠い清正公さまの神社には、願掛けをしに通っているのに、なぜお城を見にゆく機会がなかったのだろうと聞いてみた。

「そぎゃん、殿さん方のぐっさり居んなはる所にゃ、怖ろしゅうして、よっぽどの閑人《ひまじん》で、もの好きでなからにゃ、誰も寄り付く者はおるみゃ。殿さん方の名前のなんの、誰もここらの者は知らだった。ただ、殿さんとだけしか言わだった。おどんたちが如《ごつ》、土龍《もぐら》と暮らしよる者にゃ、縁のにゃあもん」

という。もちろんそれは彼女の無知というより、この時代の庶民の位相を語っているのである。細川という名の殿さまだったと言いかけたが、わたしはすぐやめた。本当に婆さまの一生と殿さま方と、何の縁があろう。

テレビもなく、ラジオも新聞もなく、文字も婆さまにはなかった。見たことのないお城や殿さま方が、どのように婆さまの中にイメージされていたのか、わたしたちの想像力の方がよっぽど貧困かも知れない。

「ほんとのいくさは芝居の如《ごと》、品のようはなか。まだ刀のいくさだったばい。鉄砲もちっとはあったが、殺す方も殺さるる方も泥くちゃになって。田んぼの藁小積みを中にして、両方とも死にとうなさにして、おめき合うて。勝負のつくまでは、そりゃ大事《おおごつ》。なんのわけでそうまでして、殺し合わにゃならんか。作も田んぼも、使いものにならんようにしてしもて。折角炊いた粥も食いださずに、餓《ひ》だるか目におうて。しんからの百姓なら、決してああいうことはでけん、気の狂わにゃ。

それよかわたしゃ、男さんの話の方がよか。好き合うた人と別れてなあ、夜さりの長さに毎晩想わるるばい、今でも。

ここの側の、乙姫さんのお宮の茱萸《ぐみ》の木の蔭に、待っとるちゅうて使いの来て、そん時が別れじゃったがなあ。そんとき、男さんの言わした。

世も変わった。おどんたちのような地《じだ》も持たん者が逃げても、追うて縛りに来る人も、もうおるみゃ。親きょうだい捨てるちゅうは辛かろが、今夜逃ぐ！　ちな、わたしば掻き寄せて言いなはった。往けばよかったが、往きゃきらだった。かしら娘だったけん。

親きょうだいを捨てきれずに……。離れられずになあ、身と身をさし交わしたまんま、茱萸の木の蔭で。

三日月さんの出ておんなって、夜の明くるまで悶え合うて、泣き明かしじゃった。三番鶏の鳴いたら去《い》たてしまわした。あれが鳴けば、今でも悲しか」

（「文学座公演『乱』」パンフレット一九八〇年七月）

狐たちの言葉

今わたしは、水俣の狐たちの言葉を、もちろん人間語にですが、どういう言葉にしたものかと考え込んでいます。

五十年前くらいまで、ここら海辺の村々には、野犬たちの群があちこちするようなぐあいに、狐たちが大勢いました。わたしが育った家など、もとは狐たちの住居跡だったと、隣のお爺さんがいわれます。

見事な蜂の巣状の岩穴が、海に向かって三十ばかりもひらいていて、その穴のひとつひとつが、ほどよい彼らの棲み家となっていたというのです。まるで、植木屋さんが仕立てたような枝ぶりの松の木や、赤い実の成る茱萸《ぐみ》や、笹の間を、子狐を連れて入ったり出たりして遊ぶありさまが、今まで残っていたならば、きっとテレビに映されるだろうし、全国から見物に来たに違いなしと、お爺さんはいわれます。

狐たちには、所の名がつけられていました。丸山狐、猿郷《さるごう》狐、しゅり神狐、などなど。見かけも特徴があって、わたしの所の猿郷狐は小さくて、猫のようだったから、川向う

の土手で逢っても、

「ほ、猿郷狐が遊びに来とる」

と、すぐにわかったというのです。

ところでわたしは、昔の塩田の藁屋根のことを訊ねようと思って、海沿いの、水俣の端っこに住む老夫婦に逢いにゆきました。そしたらまたすぐに、狐の話になったのです。

「ああその、塩田の藁屋根がなあ、うふうん」

爺さまは、目尻の皺をぽとっぽと動かしながら云い出しました。

「ああほんに、狐たちがその藁屋根に登って、寝るもんじゃから、煤が落ちて、塩が、ものにならんじゃったちなあ」

「塩田の藁屋根は、下を焚きますもんで、ぬくうござすですもん。人間が戻ればすぐのぼって、寝床にしよりましたもんなあ」

婆さまが、孫どものいたずらでも思い出した風に、目を細めました。

「こちらの狐は、山や岩穴でなしに、藁屋根を好いていたのですか」

とわたしは聞きました。

「いやいや、あれたちの山は、もともとは、会社山《くわいしややま》じゃったですよ」

会社山とはチッソ工場の山のことです。お二人がこもごも語ることを合わせると、こうなのでした。

「昔は会社山とは云わじゃった。会社が来てから云うようになった。昔は、しゅり神山ち云いよった。狐どもの山じゃったもんな、あそこは。

そこを、発破かけて打ち崩したもんで、あそこに居った狐どもが、祇園さまの藪あたりに、おろおろしておりよったがなぁ、あそこにも、もとからの狐が居るし、いっせいに、塩田の塩小屋に来たわけじゃなぁ。

塩田の衆たちもえらい困っとったが、相手が狐じゃし、祟られでもすれば、ただでは済まんど。

心で願いよった。どこか狐どもの行く、よか所はなかろうかい。よか所に行ってくれい、と願うとったですよ。そしたら狐たちにも通じたわけじゃろな。

塩田の先は、舟の着く塘《とも》で、天草や長島あたりから舟が来よりましたが、大廻《うまわ》りの塘ですたいな。狐たちがその塘に、戻り舟を待っておって、渡してくれ、渡してくれち、えらい頼みよったちゅう話でした。三匹四匹じゃなかったちゅうですよ。

礼はいらんちゅうのに、今は災難にかかって、ろくなお礼もでけませんがちゅうて、しやりむり、木の葉ばさし出したり、中には、どこそこから都合して来たっでしょうかなあ、本物の銭ばですね、数え方も知らん手付きしとって、じゃらじゃら置いて行くのがおったと、一時期、話のありよりましたよう。

それからな、遠慮しとる風じゃあるが、必ず念押ししよりましたげなですよ。表の方じゃなか、艫《とも》の方から乗せてくれちゅうて、たのみよりましたちなあ。舟の表には、舟霊《ふなだま》さんのおんなはるからじゃろうち、舟の衆たちは云いよったげなですよ」

舟の表とは舳先のことで、真ん中の帆柱の根元に、必ず舟霊さんを入れてあるのです。狐たちには、舟霊さんをはばかる、どんな理由があったのか、舟霊さんに敬意を表して、舟の後の艫の方に居たがったわけは、この老夫婦も知らないとのことでした。わたしはこの、狐たちが舟の衆たちに頼み込むあたりから、乗せてもらって渡してもらう途中で、身の上話なんかもして、向うの親類の島に着くまでのやりとりを再現してみたくて、いわば標準語で書いてもみるのですが、地域と時代の感情にぴったりこないのです。

チッソ工場は、その後三十年ばかりしてから、おびただしい犠牲者を出し始めるのですが、老夫婦がこの話をしてくれたことから、五十年前のおおらかな地方の雰囲気と、予兆的な行動をする狐たちの様子を再現するとなれば、やはり狐言葉は、古典として生きている、方言であろうと思うのです。

わたしの地方では、狐のことを、人智の及ばぬ神秘な通力、今風にいえば念力を具えた存在として、親しくも思い、畏敬しております。

隣のお爺さんやあの老夫婦や、塩田の人たちの特徴といえば、時代のせいもありますが、文字を読み書きしないでも、一向に不自由なく生きている人たちです。

対比的ですが、チッソの幹部たちは東大出が主で、もちろん最エリートの標準語族。逢って話したこともないチッソの人たちのことを、地元の人たちはとても尊敬し、大切に思っておりました。ところで、そういう人たちを、会社側は廃棄物を流して死なせ続けて、平然としていた歴史を、わたしは見てしまいました。

近代人は、知性とか愛とか美とかを、人間を離れて、書物の世界のことと考えちがいしているのではあるまいか。わたしはそういう疑念を持ち、深い衝撃を受けました。

この世には、学問知識の世界と生《なま》の現実がある。なるほど学問の世界は広大で無限で、まことに魅力的です。けれども、生《なま》の日常、たとえば自分を中心にして、全地球上の五分間というものを考えてみるとしましょう。世界はもう、目もくらむような、未解読の言語に満ち満ちています。その未知の意味のはらむ豊かさの総量！

当然そこで人類は、自分の民族と異る民族との、共通語を作る努力をして来ました。日本のいわゆる標準語もそのひとつですが、人間とその風土は、まことに繊細で複雑深遠なので、標準語なるものだけでは、とうていそれを考えてゆくのに足りません。

南九州の方言だけみてもそうですが、伝統のある古典語がいまだに生き残っていて、新しい標準語とは一見違うようでも、それは日本文化の基盤になっています。ふかくちりばめられている永遠の詩の種でもあります。


（「十代」一九八二年四月号）

おいしいということ

嫁に行っている妹が、親類から、手作りのお盆団子をいただいて帰って来た。

我が家ではここ十四、五年、自家製の団子を作るゆとりがない。さっそく仏さまに供え、お盆燈籠など押入れから取り出して、灯りを入れた。

いただきものは、昔ながらに大きな〈くゎくゎら〉の葉に包み込んだ、米の粉団子とソーダ饅頭だった。米粉も小麦粉の皮も、腰の強い歯応えで、とりたての小豆の香りが舌に残る餡こが、たっぷりはいっている。久しぶりに純田舎風の、丈夫な団子を頬ばって、家族じゅうが嘆声をあげた。

くゎくゎらの葉というのは、山野に自生するサルトリイバラの葉のことである。名前のとおり棘が蔓には生えているが、葉っぱは丸くつるつるしていて、大人の掌くらいになる。

団子を作る時期になると、子どもたちが喜び勇んで、野山にこれを採りに行ったものである。大きな葉は、蒸籠に入れる前の生団子をくるりと柏に包む。小さな葉っぱであれば団子を乗っけて、お座布団風に敷くのである。葉っぱの大きさがさまざまだから、子どもらも加わって作る団子は、色も形も大きさも、一つずつちがい、二百も三百もの団子が一斗笊の中に、大山盛りにひしめいて出来上るのはまことに壮観だった。

なぜそんなに沢山作っていたのか。お客さまにさしあげたり、去年どこそこの家からいただいたからお返しに、というわけで、おいしく作って、褒めて貰いたいこともあったろう。団子のやりとりのお付き合いが、我が家では八、九軒くらいはあったろうか。それぞれの団子には家々の家風というか、農作業の過程や土や肥料のよしあし、粉のひきぐあい、小豆の漉し方に至るまでしのばれて、とくべつおいしいのを頂けば、

「あの家にゃ、お婆ちゃんのおんなはるもんなあ」

と母がいうのであった。味がちがってくると、

「まだ若嫁さんじゃけん、仕様んなか。婆ちゃんの死んなはったし」

というのである。我が家でも味を落とすわけにはゆかなかった。

家や時期によっては、くゎくゎらが、椿の葉や笹の葉や、茗荷の葉になったりした。柏の葉というのは見たことがなく、久しく柏餅や柏団子なるものに憧れていたが、四十を越えて東京に出てそれにお目にかかった。関東では、団子に着せる着物によって名をつけるのかと納得できた。

私どもの方ではくゎくゎら団子とか椿団子とは言わない。節句団子とか祇園さま団子と

か、七夕団子とか、歳時記風にいう。

柏の木をじっさいに見たのは、それよりさらに七、八年後のことであった。中部九州の脊梁山系、久住高原を歩いていた時のことだった。柏団子の葉っぱを沢山つけた木が群生していたので、思わず、やぁ、柏団子の木、と呟いたものである。幹はどんぐりそっくり、栗の木そっくりで、葉の形だけが違っていた。

幼時を思い出すと、我が家をはじめ百姓が多かったが、じつにまめに、どの家でも団子を作っていた。正月は餅だから作る仕掛けが違うが、お雛さまの頃にはもう蓬がどっさり摘めて、子どもの居ない家でも、いそいそと節句のお団子を作る。彼岸の入りと醒めに作り、田植えに作り、五月の節句、七夕さま、祇園さま、梅雨の上がる日の、はげ殿《どの》団子というのがあるが、はげの意味がわからない。梅雨が上がるのあげだろうか。お盆の入りの十三日、そして十五日、十六日と種類のちがう団子を作った。そのあとの十五夜、秋の彼岸と数えてゆけば、お団子を作るたのしみのために、米麦も小豆もささげも、蚕豆《そらまめ》も作っていたのであろう。

じっさい、梅雨に入る前のじりじりと夏蟬の鳴き始める炎天に、小麦や蚕豆の刈入れと脱穀を急がねばならぬ時など、母はしたたる汗を、土埃にまみれた腕でこすりあげながら、幼いわたしにいうのだった。

「ほらこの小麦女《じょ》は、もうすぐ、七夕さまの団子になって貰うとぞ、きばって取り込め、ほら取りこめ、虫殿にはやるまいぞ、やるまいぞ」

「ほらこの豆女《じょ》は、団子の餡になって貰うとぞ。砂糖入れて、塩入れて、餡こ作ろうぞ、鼠女《じょ》に引かすんな」

三つや四つだったが、歌うような調子でそう囃しかけられると、自分も、「虫殿にやるまいぞ」

などと、口真似してはしゃぎながら、黒い莢から走り出た蚕豆の粒をせっせと拾った。汗をぽたぽた額から振りこぼして、小麦の束を運ぶのだが、幼いながら一人前の気持ちになるのだった。

わたしどもの生い育った時代と生活環境では、過保護どころか、もう幼い頃から、今なら過酷とも思いちがいされかねないが、大人たちの働く場所に子どもたちもまつわりついていて、結構役にも立っていた。お手伝いの稽古というのとも違い、幼い年齢相応に、一人前の人格と責任をそなえたものとして扱われていた。

穀物や虫や鳥や、ケモノにも愛称というか敬意を表して、カラス女とかモグラ女とか称んでいたが、今のペットを称ぶような、媚びているような猫可愛がりでなく、存在そのものを畏敬し、虫などをも、自分らとはちがう位や世界を持ったものとして、神秘に思っていた。

脱穀の済んだ米麦や豆類を天日に幾日も干して、乾き上がってゆく過程で雨に逢ったりして半腐れになると、親が吐息をつくので、自分も吐息をついたものだった。立派に乾き上がって選別された穀物を、いよいよ挽き臼にかけて母親が挽くと、その傍にいて、ごりごりと一粒ずつ石の下ではじける音を聴く時の充実は、幼い者にも感ぜられる。穀物がほとばしらせている陽の暖かみや、一粒一粒に蓄えられた雨の滋味が、上の臼と下の臼の間で砕けて、大地の乳のように香り漂ってくる。

挽き臼を廻すにもこつがあって、やたらに力を入れればよいというものではない。はじめは、筵を拡げて置かれた二段組みの石臼の脇で、祖母や母が上手に左手を使い、蕎麦なり小麦なり豆なりを、幾粒ずつか上臼の穴に落とし、右手で柄をとって、ごりごりと廻すのを見物している。見ているうちにやってみたくなり、自分の躰よりは大きい石臼に手を伸ばす。危いと叱りながら、それでもやがて手を副えてくれて、後から抱きかぶさるようにして、少しずつやらせてくれるのである。

村のあちこちで、石臼の廻る音が田んぼを伝って聞こえ始めると、ああもう、祇園さまかと思ったりする。近づく祭の気配は豊饒というものが自分の躰に満ちてくる感じであった。うどんも蕎麦も、家々の献立が石臼の音でわかる時代だった。

作物は作り主の人柄と土の出来ぐあいと天気次第で、はっきり性格をあらわしてしまう。蒔いた作物にたずねて、心をこめて仕上げねばならない。お漬物でも大根の千六本でも、お団子でも、口に含んだ一瞬の香りと鮮度のぱっと口中にほとばしる歯ざわりと、それが舌に乗る瞬間に湧いてくる、滋味ともいうべきゆたかな広がりを、「おいしい！」と思うのだけれども、その時わたしは自然と人間とのこまやかな営みを、ひと嚙みごとに味わっている、と感じる。

（「四季の味」一九八一年一〇月号）

地母神

胸のむずがゆい感じで、長年思い悩んでいることがある。

村というものを性の風土として一度とらえてみなければならないというのが願いだが、さていよいよ描き出そうとすれば、たちまち惑乱してしまう。わたしの目が、人間存在の根にまだとどいていないのと、どのような表現をしたらよいものか、見つけ出せないからだろう。

周辺の村々を見まわすと、そこには色あいのことなる中心がいくつもあるのがわかってくる。中心とはむろん人物地図のことで、魅力もとりどりの人間たちによって、村はあるべき活性をとり戻し、ハレの日もケの日も、それぞれの陰影にくまどられている。

そういう日常に賑わいをもたらしている誰それさんの、土俗のエロスがしぶきをあげるような、ふだん着の会話を文章化したいのだけれども、書きようでは、はやりのポルノだと読まれかねないので、わたしとしてはたいそう困る。

似たような村に育っていて、多少のおつきあいもある人びとと、わたしはまず、その種の会話がまるでできない。

もっとも親しくして貰っている網元のお内儀さんで、杉本栄子さんという人がいる。この人などは、天鈿女命《あまのうずめのみこと》とはこのような女性であったかもしれないと思うほど、うぶうぶしい愛敬をそなえている人である。ご自分を含め、一村一族、水俣の災厄にからめとられてしまっていながら、そういう村のまぎれもない中心となり、凜平とした人だが、身内ばかりでなく、村中の心をひきつけてやまないこの人を、たとえていえば、『記紀』成立の過程で抹殺された地母神が、ながい時を経て、熊襲の海辺に咲《え》みあらわれたのではあるまいかと、わたしはおもう。

度はずれた生真面目さと、天性人なつこいいたずら好きが同居していて、躰のぐあいのよい日には、あけっぴろげな性語をまじえた話術で、まわりの者たちを不意打ちし、どぎまぎさせてよろこぶ人でもある。わたしなど、

「道子さんな、世間のことは、だいぶ暗うあらすもんなぁ」

とからかわれてしまう。男女のことに暗いという意が含まれていて、魂があさっての方にむいているのを見抜かれているのである。

ひそかにこちらも観察しておもうのに、この人などは、天地の成り立ちを、はじめに受感し、その理《ことわり》を光の一閃のように直感した人間たちの、まだそこなわれない本能を保っている子孫ではあるまいか。原初の知慧のひかりをまなぶたに受けた初子《ういご》、という人がい

るとすれば、こういう人かともおもう。

いわば知識人の姿をとらずにこういう資質の人が、予兆的な海辺にいることは、とても意味ふかい。似たような資質者は男性の中にいないこともないが、彼女とは位相がちがう。この人を見ていれば、神に似た声が下りてくるのをわたしも感じることがある。ときどき激烈な痙攣におそわれるこの人が、気分のよいとき、舟魂さまの声に誘なわれてゆくところ、石はささやき、草もうなずき、鳥たちは隊列を組み直して、その空域をより高く広げようとし、魚たちは背びれを黒く盛りあげてさざめくのである。

これは作り話ではなく、つまりこの人が地母神であることを証明したいわたしの真心で云っているのだが、いかんせん、神の牧歌のような叙事詩がまだ録せないのがうらみというほかはない。

わたしの心のバランスが少し怪しいのは、こういう人びととわたし自身が、まだ近代の中に出てこずに、もちょっと奥の方にいて、風土の心性を保ってきたものたちの声に聴き入って、出て来ないからである。にもかかわらず、躰の方は、終末感の漂う現代に羽交いじめされているような感じがするのは、感じ方の間違いかとも思ってみる。

情ないけれども、わたしは東京へゆくと、足のうらから酸欠状態がはじまり、頭の方へそれがのぼってくる。大地がアスファルトでせめふたがれているので、わたしの足のうらも呼吸ができないのである。その上、樹々や森がみえないので、方向がわからない。駅の名をおぼえたりはできるけれども、風の匂いや森の気配でおぼえるのとちがうので、生物としての本来の感官が疎外されてゆくような逼迫感を覚える。

なにしろわたしの近村では、はじめて汽車が村々の間を通ったとき、汽車というものに化けてみたい狸たちが線路の上に出て来て、シュッポ、シュッポと走りながら煙を吐くけいこをしていたというのだが、早生《わせ》もの食いのわりには、うっかり者ばかりだったので、本物の汽車にひかれて、狸が減少してしまったのだということが語り草になっている。

乗り物に関していえば、わたしなどはだいたい狸の気分に近いので、記号としての駅名を覚えるなどというのにむかないのである。

それにあのコピー人間に出逢わざるをえないので、戸惑いははてしない。都市そのものが時計化していることだし、おのおの、秒針そのものとなって動いている人びとが、そこには集中している。

アスファルト路面の上には、それよりもっと厚味のあるコンクリートの建物群がひしめき、なにかの乗り物に、かならず箱づめになって人びとが暮らしていて、近代都市というものは、畑の土が化学肥料でこちこちに固められて、酸欠になっているのと等しい状態になっているなと息がつまる。

植物と同じくらいに皮膚の全身呼吸をしていたいものだから、そういうところで、バイオテクノロジーなどということを聞くと、人類の体質の突然変異というか、突然崩壊を憂えずにはいられない。そのような兆候の、ヒトの思考の中にまで及んでいるのは、おおむね自分は知的な層だと思っている人びとに多いのを痛感せずにいられない。

　にわかに村々のエロスについて考えはじめたのは、もうここまで来て、最後の自然は生命なのだが、生態系の切断は生活環境だけでなく、じつはより早く、人間という自然の内部にそれが進行してしまったのを感じるからである。いまのところはまだ、村々は都市の母胎でもあるゆえ、母胎のすこやかなエロスとはどういうことなのか、僅かなりと見えてくるかもわからない。

　おもうに近代化というのは、人間の心にまで及んで完成するわけだろうし、それの完成した人間の、そのまたコピー化されたようなヒトたちを眼前にしていると、近代以前の、かなり古い断層の中にわたしは生きているのかとおもわれるのだ。

　そういうところにいる実感をいえば、自分はときどき項《うなじ》をもたげて天を仰ぐ、一匹の尺取り虫ではあるまいかという思いがつよくある。こわれかけた土橋のはしっことか、榎の大樹の梢とかにいて、宇宙の軸になっているという気分なのである。

　沙漠に放たれた亀が、海の方角を嗅ぎあてるよりはおぼつかないけれど、車にひかれそこなって、車輪の軸にとまっているということもありうるのだ。

　味気なくて詩になどなりそうもないが、知識と情報だけが心の世界となっているところをも尺取りをして、天地の間の寓意を生きねばならないのかもしれない。

虫を神さまにしていとしんだ時代も、室町期あたりにあったのだし、虫と神のあいだのあたりを、往ったり来たりするほかはない。

（岩波書店『新・岩波講座6』月報一九八六年）

海はまだ光り

人間の上を流れる時間のことも、地質学の時間のようにいつかは眺められる日が、くるのだろうか。水俣などから、神話的な世界がすっかり過ぎ去ったのちの世に。——生きていた人びとの上にも、地表を風化させてゆくのと同じ時の流れが通って往った。この地のことは砂に埋もれ、かつての在り場所もわからない。わずかに、宗教史の研究家が、水俣という秘蹟の地を記している……

そんな風に、わたしの生まれ替わりに似たのが書くだろう。人類がまだ居ればのことだけれども。

大崎《うざき》が鼻の、磯の先の岩場によく歩いてゆく。自分の育った場所へ。行き帰りにいやでも水俣川川口の向うに広がるチッソの全景と、残渣の山を眺めねばならない。錯乱のような眩暈がいつも旧火葬場の上あたりでおきる。ここを通らなければ、育った場所へゆきつけないとはどういうことか。そしてここは、死人さんの煙が山を越えて立ちのぼっていたところなのだ。

川口の向うを見まいとして、岬をまわる。昔は細い山道を、生い繁るヘゴ山をかいくぐって越えたところが海岸道路となっている。そこを通って二つ三つと岬をまわるのである。もと日窒水俣工場長、橋本彦七氏が水俣市長時代、失対事業のひとつにつくった海岸道路で、その頃からもう、昔日の渚の景観はうしなわれたが、かわりに、くるま道が出現した。

岬が近づくたびに、胸がぎしりとするようなのは、ここらに来るときいつも生い繁る木の下影の宵闇で、うしろを振り返ればひょっとして、姿のみえないものたちが、ひたひた、ひたひた、ついて来はじめるからかもしれない。

五月の終りごろだから、ここらあたりは楊梅《やまもも》の熟れ時なのだが、目がうすくなったせいで、楊梅の木の群落が探し出せない。ひょっとして、道路開通事業のときやら、環境庁の、国立水俣病センターが建てられた前後に、楊梅の木は伐られてしまったのかもしれない。それもだけれど、楊梅の木に囲まれていた山の神さまの祠が、いくら探しても、三つともなくなっているのはどうしたことか。

湯の児温泉や、湯の児リハビリセンターにゆき来する車も、ある一刻をすぎると絶えてしまう。すると、幼ない頃の鬱蒼とした山の気配がおおいかぶさって来て、胸がねじれるような詩篇の時間にひきこまれる。たぶん祠を失って出歩きはじめた小さな神々が、木々の霊や、磯辺から揚ってくるものの怪たちとともに、まわりを歩いているにちがいない。

水俣病三十年なのか。わたしにとっても患者たちにとっても、三十年ではない。けれどもそれを云い立てたところで、永さくらべをするつもりではないのだから、せんないことである。

山の暗さにとりこまれながら、昏れのこる海面の、わずかな光をあかりにして、みえない気配たちと歩く。歴史というものは、一世紀くらいの振幅を抱いて動いているということが実感される。

それより何よりよくわかるのは、歴史の巨大な坩堝の中で、そのきしみ合うところに居合わせた者たちの、日々刻々の痛苦が、時の流れの秒針にほかならないということだ。生ま身の秒針たちが、世界という文字盤からはぎとられて、ここ蟻地獄の淵のようでもある不知火海に、こぼれ落ちてくる感じがして、そのせいで、夕方から夜に入ってゆく海が光るのだろうか。

人類史の目盛りを一世紀ずつに区切るとするならば、ここらあたりはつねに、区切られることの不可能な、世紀と世紀との境目に当たるところかもしれないのである。なぜならば、自分を何のなにがしだと、名乗ることさえ羞じらい続けて来た、心情の風土であるからだ。たとえば近代と前近代とを、二つの価値に分ける考え方などがある。近代とは中央を意味してもいて、東京がその顔とされるが、こちらが進んでいるのだと、位階をつける無神経者がいるとする。そのようなとき、おおむねわが辺土は、下の位になって控えたい習性を持つ。

このへりくだり精神は卑屈さではなく、世界に対する思念の深さによっている。辺土に呪縛されねばならぬ身の上であろうとも、いやそれであればなおさらに、至高の世界への思念は純化されて、ゆけない都が美しくみえてくる。その都へ向かって出郷してゆく者が居れば、果たすことのできない自分の志をたくしてひそかに見送り、声なきはげましを惜しまない。出郷者たちが運よく出世でもすれば、わがことのほまれとするのだが、都会人となりおおせたものたちは、物蔭から見送り続けた辺土の心を解せない。血縁地縁のわずらいと切って捨て、そこからの解放をえて、ほっとするのかもわからない。

田舎と都会の心のありようは、おおよそ百年くらい離間し、容易につながらぬ亀裂をつくったと云ってさしつかえなさそうである。この動向は、さきに村を出た知識人たちがヨーロッパに目を向け、高度成長期までに村々を出払った者たちが東京に目を向けて、Uターンしてくるまで、ひとつの流れをつくっていたと云ってもよい。知識人らが村の選良であったのに対し、おおよそ一世紀あとから村を出た者らは、庶民であったのにも意味がある。離間と亀裂を、知識人と庶民の間のこととしてとらえてもよいのではあるまいか。双方の最後衛地、動かぬ海という原郷がわたしのテーマなのだ。たとえ致死的な毒を注入されたとしても、動くことのできない原郷とは、文明にとって何なのであろうか。

草深い村々の、未明の睡蓮の葉に乗る、朝露のような真情に囲まれていながら、チッソ幹部たちは、ついに地域社会の真情に気づかなかった。

たぶん日本の近代的知性も、自分らが、村々の物蔭からひそかな志をたくされた者であることに気づかない。そのことは書物に記されなかったから。

たぶん日本列島は、毒を呑んだ原郷の地点から、その痙攣によって真皮が剝がれ、ぐるりと裏返りつつあるのではあるまいか。すべての社会的諸現象は、そのことを証明しつつあるのではあるまいか。そのことは、ホモ・サピエンスが、文明的に野蛮帰りしたことの結果ととらえるべきかもしれない。たとえばあの類人猿たちの、種の分岐にかかわる問題でもあるのだろう。人間の内面に生じた功利主義と精神主義、あるいは宗教と科学の断絶とを、霊長類の研究テーマにしてとらえ直す人が出てくるのだろうか。しかしこういうことは、いくら研究したところで甲斐ないことに思われる。

それよりもわたしは、人間はなお荘厳である、と云いたかったのである。

度外れた災厄に魅入られたために、この地は神話的な界域に入ったかにみえる。人びとは聖と俗との顔をくっきりと分け持ち、進行中の歴史的象徴世界に、どの人間も役割を持って生き死にしている。

しかしここはなんとも時間が長すぎ、事柄が凝縮しすぎる。胎児性患者を産んだ母親のある者は、寝たきりのまま初潮を迎えた娘を残して死んだ。父親も患者で、寝たきりの娘を嫁御にしたと、村の人びとは囁きあう。畜生ばいと。オイディプス王の血縁はどこにでもいるのである。いやいや、むかし奥深い村々にあった構図を垣間見ただけなのだ。かつての村の日常が、ほとんどそのままの形で、水俣病のしがらみに取り憑いて浮上した。

その父親と海辺の道で逢うことがある。変哲もない日常の顔で互いに挨拶をかわす。

「夕子ちゃんはどうしとりなさいますか」

「はあい、やっぱりなあ、いっちょも変わりませんとばい」

実直な顔で父親は答える。わたしはもうずっとその家にゆかない。母親を見送ったあとは。

もひとりの母親は舅を死なせ娘を死なせ、もひとりを看とり、自分も夫も病んでいる。病夫は、

「頭がだいぶ、おかしゅうなっとるもんなあ」と妻のことをいう。

おかしくならずにいられるだろうか。彼女の人さまに対する慇懃さは変わらない。抱えきれない災厄に、首の上までひたされていた心と躰とを、彼女の方から、海の波に任せるように、すっかり任せてしまったようにみえる。漂ってゆくような目つきと足つきで、病院をいつの間にか抜け出すことがある。重なって波打つ海が、ひたひたと彼女を連れにくるにちがいない。

人びとの多くは、長い災厄の時間に洗われながら、不思議に年をとらない。白髪になり、深い皺を額に刻みながらもなぜか年をとらないのである。長すぎる時間の濃度が、人

びとの精神を凝縮させ昇華させるのかもしれない。

そしてわたしは、「茂道《もどう》の栄子さん」から、しばしばあの秘蹟を授けられる。パンと聖水に相当するものは、魚と塩である。地の胎に生じた潮、その潮に生じた魚とをよく授かる。茂道の人びとと共に。彼女は復活への禱りを仏前で唱えもするが、もっと日常のさりげない時に、親愛をこめた冗談で禱ってくれる。茂道の人びとが、エロスのこもった彼女の冗談にふかく心を傾けている様子をみれば、彼女自身が、甦った人であることをよく知っているからと思われる。

茂道だけでなくここらの共同体は、なにか希有のことがら、もちろん水俣病だが、しかしそれ以上のものに参画しつつあるのだ。

彼女が苦痛の中で禱っている時、わたしは背後の海を見る。人びとの記憶で織られている祭壇画のような、波の動く海の光を。

（「思想の科学」一九八六年六月号）

命のほとりで

心にしみて忘れられない幼時の光景がある。

今はセメント囲いをして、半ば封じこめられている井戸がわたしの家の近くにあるが、つい三十年くらい前まで、この井戸はじつにゆたかな水量で、村の暮しにうるおいを与えていた。水道が引かれるまで、飲み水はもちろん、近隣中の風呂の水、水仕事につかう分の一切、近くの田や日でりの時の畠の水として、ここら一帯にとっては文字通り命の水で、土地の名を冠して「猿郷《さるごう》の井川《いがわ》」とよばれていた。

猿郷は水俣川の川口の集落で海に近い。もとは渚ではなかったか。「千鳥洲」という古名をもつわずかな田んぼが丘にそってくっつき、その間に建つ家が私の家を入れて六軒あり、猿郷とよばれて今に至っている。もっとも軒数はふえて、今では五百軒をこえるそうだ。

ここに移ってきた頃、田んぼには、稲にまじって葦が伸びているのがよく見られた。田の中を通る幅一メートル半ぐらいの小川を洗濯川とよんでいた。長い石柱を三枚そろえ橋がかけられていて、その石の上で、近所の女房たちが洗濯をしながら、よく井戸端会議をやっていた。すぐ下流でわたしは蜆をとっていたが、葦はそのあたりにも生えていて、満潮時になると群生した葦の茎がすっぽり隠れるほど、潮が上がってくることがあった。そういう時は塩分の多い水になるので、洗濯は見合わされるのだった。

赤んぼのおむつから、うんと下流では肥桶も洗えるこの洗濯川とはちがい、百メートルばかり離れた猿郷の井川の方は、位の高い井川といわれていた。井川の脇の家のお婆さんが、きりりとした和服姿でいつも竹箒を持って杉の根元に立ち、井川の洗い場を汚したりする人がいると、ただちに箒ではき清めるのであった。ここが水神さまの場所であることを黙って教え、反省を促すのである。

井川のぐるりは常にすがすがと掃ききよめられ、誰の目にも別格の井川であることがよくわかった。米や藷を洗いにゆく時は、お婆さんに迷惑かけぬよう、井川を汚さぬように洗っておいでと母にいわれた。子供ながらも、身を慎んでゆく心持であった。

太平洋戦争がはじまって、村でも町でも出征兵士の姿を度々見るようになった。軍服姿をした青年を、親族や近所の人が揃って水俣駅まで見送りにゆく。わたしたち小学生も小旗を持って見送ることがよくあった。あそこの息子にも、ここの兄ちゃんにも、召集令状が来たそうだと、大人たちが溜息をつきながら額を寄せて話しあうのを、見聞きするようになった。

やがて、それまでになかったことだが、猿郷の井川に、水を飲みにくる出征兵士が現れるようになったのである。名水ということが、よほど知られていたのだろう。村の人たちはいうのであった。

「また今日も、兵隊さんの、水ば飲みに来なはった」

「ああ、丸島の方の青年じゃったよ」

「どこに往って死ぬか、何百里も先のことじゃ、わからんもんなあ。往った先に水のあるか井川のあるか、ぜんぜんわからん」

「そうじゃ、死ぬとき戦友もそばにおるかどうか、わからん」

「ここの井川は、位の高かよか水じゃ。飲んでゆけば、命の縁のつながって、病気も弾もよけてゆこうぞ。死なずに戻って来らるるかもしれん」

「一升瓶に詰めて、持ってゆかしたよ」

「戦地まで持ってゆくとじゃろうか」

「まさか、水盃に使うとじゃろう」

わたしのまわりの人びとには、末期に、故郷の水を飲みたいという願望があるようで、それは水というものが、その土地のいちばんの命の源であるだけでなく、生と死の双方につながるものと思われていたからである。

戦地におもむく兵士たちが、この世の名残りに猿郷の水を飲みに来るというのは、日露戦争の頃からあったという。川向こうに八幡さまがあり、出征兵士とその家族が祈願にくるのがならわしになっていた。その中の一部分が、川を越えて猿郷の井川までやって来たのだろう。いったん異郷の戦場におもむけば、どこで死ぬやらわからず、ましてや、ねんごろに死に水をとってもらえるかわからない。故郷を出発する前にせめて、町でいちばん「よか水」といわれている猿郷の井川の水を、ぞんぶんに飲んでゆきたい、とでもいうような気持であったろう。

まだ少女であったわたしはある日、軍服をつけた青年が、三人ばかりの男と一緒に村の道をやって来るのを見た。道の脇にあった麦の畑はくろぐろとして、陽がさしていた。わたしは藷を洗いに井川に行こうとしていたが、水を飲みに来た兵隊さんだと思った。

井川はゆるやかに曲った村道にそって、細い流れの湧出口のかたわらに掘られていた。そばに大きな杉の木が四、五本立ち、石段を降りるとすぐ右側に、苔むした四角い石の縁に囲まれて、厚みのある輪をつくりながら水が湧いていた。畳二枚ばかりの石を張り合わせた石だたみがあり、ここに水桶を置く。さらに一段下に、お米や藷や野菜の洗い場がしつらえられていた。

杉の木の脇をのぼれば丘があり、くぬぎ林や畠があって、その下にまとまりのある小さな猿郷の集落がうずくまっていた。

兵隊さんは石段の上にしばらく立って井川を眺めていたが、はっ、という感じで井川に向かって挙手の礼をした。そしてつかつかと井川の縁まで降りると、白い御幣をさしかけてある石壁のあたりや、かたわらの流れにじっと目を注いでいる様子だった。わたしは洗い場で諸洗いをすませ、石段をのぼりかけて兵隊さんを見上げた。兵隊さんはやさしいまなざしでわたしを眺め、黙って頭を撫でてくれた。どっしりした、暖かい掌であった。その人たちはかわるがわる井川をのぞき、石の縁にそえてある竹柄杓をとって水を飲んだ。咽喉仏がごくごく動くたびに柄杓の分厚い縁から美しい雫がこぼれた。わたしは男の人の咽喉にぐりぐりが動くのを、この時発見し直した思いだったが、兵隊さん一行は水を飲み終ると、井川に向って深々と頭を下げて帰ってゆくのであった。

「今日の兵隊さんな、新町の方の人じゃげな。命のあって戻って来らっせば、よかがなあ」

後ろ姿を見ながら、そう言って合掌する村人を見て、井川に向って敬礼した兵隊さんの姿と思い併わせ、子供心にもわたしは、この世には言葉に出せないような、ただ深々と頭を下げるしかないことがあるのを知ったのだった。

あの時の兵士が生きて帰ったのか、死んだとすればどこであったのか、知らない。わたしの兄や叔父も含めて、帰らなかった者たちはおびただしい。

この井川の前を、今でもときどき通る。田んぼは住宅地になり、昔リヤカーがやっと通るくらいだった道は広げられて、車が往き来する。井川はコンクリートで封じこめられ、かの時の美しい水の色を知る人はもう、多くはいない。『苦海浄土』を書いたあとも、わたしは人間の悲しみという主題から離れることができず、人は何をのぞみにして生きているのだろうと、日夜考え続けている。

井川をめぐってふれあった人びとのその後はどうなったのだろうか。村や町はどう移り変っていったのだろうか。

兵隊さんを見送って三十年くらい経って、思いもかけずわたしのいる地域に、水俣病という大事件が発生した。事件をひき起こしたチッソ工場は、川口の向こうで、いつも煙を吐いていた。

わたしの一家は猿郷に来る前は、工場のすぐ脇の栄町というところに住んでいた。小さな町が栄えますようにという住民の願いがこめられた町名で、幼児であったわたしも、当時流行っていた「水俣工場の歌」を、腕白大将についてゆきながら、歌っていたものである。その歌をうたう気分がなんとも爽快で、思えば子供ながら、わたしはこの町が好きであった。

まったく環境のちがう海辺の、たった六軒きりの集落に移ってから、わたしの天地はさらに広がり深まった気がする。井川の光景は、わたしには哲学の発見に等しかった。別れて来た川向うの町をよく想った。心優しかった人たちはなぜだか、不幸な境遇の人が多かった。

三十代になってから今日まで、水俣病の問題を考えざるをえなくなって、あらためて人間とは何かという難問がわたしの前に立ちふさがっている。それでも少しのことがわかりかけてきた。人はどんな絶望的な情況におち入っても、希望を失わないという発見である。患者たちの心にある願望のなんとささやかで、切ないことか。

人並みに歩けて手が使えて、働けて、普通に食べてゆきたい。普通の人間づき合いがしたい、人間であることをみとめてもらいたい。人間のことを一緒に考えたい。「もう一ぺん人間に」という章を書いたのは、わたし自身かえりみて、人間の資格があるのだろうか、と思ったからで、モデルとなった女性に自分を重ねて考えてみたかった。あの極限状態の中で、わたしならどう生きられるだろうか。

心根《こころね》、という今はあんまり使わない言葉がある。「心根がいじらしい」というふうに使う。患者さんと話す時いつもその言葉を思う。心の根元にはこんこんと想いが溢れているのに、はげしい自己主張をせず、いつも相手を思いやって、控えめにしか自分のことを言わない。この人たちが胸底に蓄えて、声に出さない想いがある。限りなくそれは深い。わたしは泉の水を汲むように、それを汲みとれるだろうか。

『苦海浄土』の冒頭に、今は涸れはてた湯堂の井戸を持ってきた。猿郷の井川をダブらせて描いたのである。人間のことを思いあぐねる時、わたしのまぶたには、ひっそりと湧く井川の水が思い浮かぶ。

（筑摩書房「国語通信」一九九六年春号）

言葉の秘境から

雑木林の中の小径は、木洩れ日のせいで、やわらかい光のトンネルになっていた。誰もその中を通っていなかった。

わたしはしばらくそこに佇んだ。神々しいほどの道である。両側から枝をさし交わしている細い白樫や、椿や姫沙羅の発光しているような幹の色。そのような木々の根元に寄りそいながら、冬イチゴの広い葉や灌木類が絡みあい、和《なご》められた光が反射しあって、冬枯れ色の草の道がぼうと浮んでいた。

（通ってよいのだろうか、こんな神々しい道を）

林は枯れ葉のみじろぐ音や、羽虫たちの行き交う音、遠く近くで啼く小鳥たちの声にひろびろと満たされていた。ふとわたしは、心の奥にひっかかる親しい声を後ろに聴いたような気がして、再び立ち止まった。愛らしい声がたしかに、後ろの方から追ってくる。

まさか。もうあの一軒家を辞してから五、六百メートルは来てしまったのだ。振り向いて仰天した。さっき膝の上に来ていた白っぽい三毛猫の子である。走って逃げるべきかととっさに考えたが、足は引き返す方に踏み出してしまった。まだねむたそうな目つきの、耳だけはぴんと立てたのが、頭をふりあげふりあげ、かすれたような声で、

「ぎゃおー、ぎゃおー」

というように鳴いてくるではないか。それは胸にこたえる声だった。草にひっかかり、ひっかかりしながら走って来て、こちらがかがみこんで手をのばすと、三尺ばかり前のところでよたよた止まり、咽喉を仰向けながら、ひどいしゃがれ声でまた鳴いて、大きな欠伸をした。唇はピンク色だが、鼻の下には黒いチョビ髭のような斑点が少しあった。追っかけて来ているのを知らなかった。それにしても、婆さまの家を出てからだいぶん経って、誰にも逢わぬ山の道である。

拾い取って掌に乗せた。びくびくふるえている。しげしげ顔をみながら、しんじつ困った気持になった。後戻りして返してくるより仕方がない。二年生くらいの女の子がいた。頼んで抱いていてもらおう。それから走って、この光の小径を抜け出そう。

胸に抱いて歩き出すと、婆さまのさっきの言葉が唄うように耳許に聞えた。

「こういう山ん中でございますけん、猫ん子でもなあ、人恋しさにいたしますとですもんなあ」

涙が出そうになった。お前は何の生れ替りなの。人恋し人恋しと口に言えなくて、こういう山の中で、何代も何代も死に替り生き替りして来たものの化身なのか、いじらしさ

よ。ふわふわ玉のような小さな躰の中に血が通って、ふるえている温い三毛猫の子ども。

こんな愛らしい者や年老いた者たちの、後ろに追ってくる声を置いて、かつてこの山の中を走って抜け出た娘たち若者たちが、どれほどいたことか。海辺に出るにも町に出るにも、五里六里とこんな杣の道を、お月さまや星の明りを道づれに、茨のとげでひっかき傷だらけになって、わらじを踏み替え踏み替え、どのような思いで越えたことだろう。

残らなければならなかった人びとは、帰って来ないものたちを待ち続け、一代でも帰って来ず二代、三代と待って、互いの距離がはなれるほどに、想いだけが鳥になったり蟹になったり、彼岸花になったりしているのではあるまいか。

突然わたしは思い当った。たとえば相聞という歌の形を。男と女という以前に人もその他の生命も、一人では衰弱して死んでしまう存在なもので呼び合わずにはいられない。それが風土というものの詩韻をつくり出す。だからあの婆さまは、

「猫の子でも、人さまを恋しさにして」と言ったのだ。

「どうしよう、三毛ちゃん」

さっき囲炉裡のそばで婆さまと話しこんでいたとき、膝の上に来ていたのだった。婆さまは、火箸で燠火《おきび》の底に埋めた唐藷をかき出していたが、焼けぐあいを刺してみて、「焼けましたごたる。こういう物どもは、食べなはりませんど?」

とたずねた。

「いえいえ、喜んで」

両手を重ねてさし出しながら、わたしは思わず膝を立てた。ねむっていた小猫が、ころっと落ちかけて膝にしがみついた。婆さまは誵の熱灰を吹き吹き、小猫を見やりながら詫びるように言った。

「こういう山ん中でございますけん、人さま恋しさにしてなりませんとですもん。猫ん子でもなあ」

それは優しい、唄うような声だった。

「このよな山ん中まで、わざわざ来てもろて、申し訳なさよ」

婆さまは小さな声でくり返しながら、中屈みの膝を浮かせては立ってみたりして、落ちつかなかった。

「ああ、お客人にさし出すもんが、なあんもなかよ」

わたしはなんとせつないことを聞くものよと思っていた。旅の途中のとびこみで、もてなされるなど思いもよらぬ身である。死んだ父や祖父母たちが使っていた、古雅な天草言葉の、奥深い詩韻に招き寄せられての旅だった。その天草言葉はなんと、万葉などに結実した歌言葉の日常を遺していたことだろう。

そこは何という村だったのか。草道を歩いていたら、身のまわりからもうすっかり遠のいてしまっていた堆肥と秣《まぐさ》の匂いのする一軒家の前に出た。軒の低い藁庇の下にしばらく佇んでいると、枯れ草の束を抱えた老女が出て来た。わたしはふしんに思われぬよう頭を下げた。けげんな面持ちで老女は丁重に腰をこごめた。

「このあたりの景色の、あんまりなつかしゅうして、おらせて貰いました」

どこにお出でなさいますと問われて、死んだ父の村に行きたい行きたいと歩いているうちに、ここまで来てしもうて、と村の名をいうと、老女はいたくおどろいた風で、草の束をハミ桶の中にほうりこむやこう言った。

「あよ！　下津深江までなれば、あと四里か五里も先の遠さじゃあ。女《おなご》の足ではとてものことに、今日の日には行きつけえませぬ」

さぞ足も痛かろうから、茶なりと一杯呑んでゆくようにと招じ入れられたのである。

あよ、という最初の発音を聴いたときから、わたしはいっきょに、あえかな古語の世界に抱きとられたような気がした。言葉はその人間の心情やしぐさや、全身の形から匂い出るものだということを、うつつの目に視る悦びの中で。

老女は身をよじるようにして、こうも言ったのである。

「あよまあ、親さまの村をたずねて、こういう山ん中に迷い込んで来らしたとなあ。まあほんに、悶えられてならんよ」

迷いこんで来た旅の人間のために、悶えられてならんよと、老女はいうのである。わたしは、探し求めていた妣《はは》たちのひとりに出逢っているのだった。茫々と光のさしている山の空き地の中で。

この島の向うべたの小さな町から舟で来たとわたしがいうと、老女は吐息をついた。

「まあ、九州本土から」

九州本土という言葉にわたしは胸をつかれた。わたしの町から直線距離でたかだか、十二、三里といわれている島である。しかしわたしにとっても、ここは久しい間はるかな島だったのだ。老女はほとんどあどけない微笑を浮かべながら言った。

「若い時分に、海辺までは行きましたなれど、九州本土に渡ったことは一度もあり申しませんと」

海はどうでした、とわたしはたずねた。

「はあい。もう陽いさまの美しゅうしてなあ、不知火海の。晩には火の燃えますげなよ、海の上に。天子さまよりも、位のよか火であり申すげななあ」

ものやさしい、遠い韻律を含んだ声音だった。景行天皇命名といわれる不知火伝説が、この老女の中で、より美しく再生されているのかもしれない。

「そん時の陽いさまを見てから想うようになりました。海の光の消ゆる向うの、あそこらあたり、あそこ、ここの山の間に、人さま方のおんなはる。逢わんけれどもなつかしさよ、ちなあ、夕方の陽いさま拝むたんびにこの山ん中から、想うようになりましたがなあ」

上代歌謡の心のようなものが、近代化されてしまった日常語の辺境で、こんな風にも美しく香っていたのかと、心ゆさぶられて聞いていた。

その頃もう短歌の世界から離れていたのだったが、わたしの内部の歌は深く鬱屈していて、たどりつくべき源を探していたのだとそのとき思い当ったのである。育てられた不知火の海辺の、黙示録的な変容に立ち逢う長い年月があった。それはたんに、自分の海辺の出来事に立ち逢うだけでなく、この国が終末的様相に変容してゆく予兆の地に身を置くことだった。選びとられたわたしの地から視えるものはみな、近代化という形となってあらわれ、日常の言語や歌さえも、民族の格調を失ってゆく年月であった。

そして思う。山も海も川も、風土の質をこれほどまでに自ら損壊させて、歌人たちの意識も千々に分裂を余儀なくされた今、日本詩歌の伝統に命をもたらす歌枕とは、いったいどのような質のものになるのだろうか。歌というものは、いわば私の秘事に属することだけれども、その私の内実も時代に見合って衰弱しつつあるにもかかわらず、言葉の分化だけはやたらとすすみ、近代短歌はなお花盛りのようにみうけられる。

そのような時流からほとんど無縁なかそけき歌を二、三あげてみたい。老女のいる島と不知火海の間の、さらに小さな島の人だが、今はこの方の消息が知れない。水俣病を病む島人たちの救済に当りながら、自らも病いに冒され、盲目となられてからの歌である。

大根の花咲く畑に風ありて風吹く向きに花みな向けり
音立てて雨降り来れば庭の薔薇花ふれあひてくづれしもあり　　白倉幸男

さらに若くして自死をとげた歌友の、不知火海にのぞんでの一首。

逢はむといふそのひとことに満ちながら来たれば海の円き静まり　　志賀狂太

（第一法規『新撰歌枕第六巻』一九九〇年一一月）

IV いまわの花——詩と随筆

死民たちの春

まことの地獄をのぞきみたれば片方のまなこは心願の国のみ
仏に捧げまいらせ候
いまひとつのまなこあればあこがるるなり
そのひとつもていまだかなわぬ生類のみやこへのぼりたく候

ときじくのかくの木の実の花の咲きめぐる
わがふるさとの春と夏のあわいにいまひとつ
たまきわるいのちのきわみの季節がある

不知火のうなじもて
まだ香ぐわしい天《そら》を仰ぎつづけていたら
生類のみやこへゆけるという声がした

秘境の季節の終りの日に
かんざしの呪符をわたしはみつけた
馬酔木は耳に振ると蕾の奥に
しゃらしゃらと古代の鈴を鳴らした

そのとき　わらべ唄のような
熊襲の男があらわれてどぶろくをのみ
目元を染めながらだんことしていうには

ぼくは　じつはですな
ただのいっぺんも死にたくはなかとです
ただのいっぺんといえども！

わたしは思わずふりかえり
ふつふつと馬酔木の花壺を噛んだ
おそらく生物学的精子の歴史が

短命の思想をいわしめるにちがいない
男たちをたくさん産み継いでやらねばね

妣たちのまなざしがしわしわとまたたき
わたしは黄泉《よみ》の国にいて
彼らのかなしみをみごもり
すぐにねむった

心音のかなたにとおき鈴の音あれど
つまさきに瓔珞《ようらく》のごとき風あれど
腰のあたりからずり落ちて
飛べない夢のように
着地した記憶がある

はらわたの焼けるめざめをわたしは醒める
葦の渚と思いきや

嗅ぎなれぬ靄の匂いが髪の地肌をつきぬけて
ふかくにも　あやかしのみやこ
五月の東京にわたしは醒める

胸の底がいがらっぽくて
お雑炊しか食べられないのよ　と
わたしはできそこないの言葉でいう
あなた顔が黒くてとがっているから
きっとつわりよ　身に覚えない？

そういえば夢うつつに　どまぐれて
青白い吐息をはいている五月を
ひどく深ぶかと吸いこんでしまった
そのときかしら

それにしても背中がおどおどするのはなにか
樹々たちのまなざしがあんまりせつないから

隠れてしまうところはないかと思うけれど
みやこびとたちが隠れてしまっているので
尺とり虫になってわたしは歩きます
首《こうべ》を垂れてゆくほどに
まなこの溶ける病いが無数にあった
やっぱり東京は人口密度が奇っ怪なので
奇病の率も多様かつ流動的で高次元なのね

無脳児のみやこの露地にゆき暮れて
わたしは生き埋めの地面に頬すりよせ
祖《おや》の国の名をちいさな声で呼んでみる
にんげんよ　にんげんよ　と

そのとき
蔦かずらで偽装したビルの口が
のどの奥から煙をしゅっと放ち
声もなくたしかにわらった

えしれぬ毒気にあてられて
素肌の毛穴をぜんぶ閉じたけれど
わたしは爪の先まで静かに裂ける
胸に隠していた小鳥よりも細いわたしの死者の骨が
可憐な音を立ててそのとき折れた
ひとことも啼けずに鳥のまなこになり
辛うじて生きていたが
秋の茜が海のかなたの天竺の空まで
耀《かが》よい渡った夕ぐれに
うるうると人間のまなこにかえり
くわっと　みひらいたまま
死んだ子どもだったのだよ

死んだ後には不知火のちりめん波にひろがる
ひかりのなかの
そのひとつぶとなった
すくいとって

こぼれぬよう掌にかこっていた

そのたましいを折り殺し
吐き捨てたな　鉄の道の上に
おまえたちだね
ぶどう状鬼胎のみやこをつくったのは
コンクリートの腹腔の中をわたしは追いかける
霞ケ関　丸の内かいわいを発祥の沼として
目もなくこころも無く
口とはらわたと肛門の顎《あぎと》が
たがいのあくびのたびに変幻しあい
這いずるためだけに肥大した
蛭の中にわたしは這入りこむ

なよなよと動く軟体の顎でいたぶりながら

おまえが呑みこみ吐き捨てて来た者たちは
こころざし慎ましくして
低きがゆえにあらねど
遂げえざる希みをいだく
せつせつたる魂である

蛭よ　おまえは無選択によく食べ進み
この国の直土《ひたつち》の髄深く食い入った
食べ足りて千切れる体節は
ねむる間にも繁殖する
さかさ吊りの髪に風がきても
おまえは　ねむる

夜目にも　びくり　びくりと
おまえの背中に宿って
波うつ褐色の　その斑点こそは
累々たるしかばねの血漿である

常世の海底《うなぞこ》の　妖々とひかり
凶兆の虹が
吐血している列島の上にかかるときに
浮いて漂う
死民たちの曼陀羅図絵

（「朝日ジャーナル」一九七一年一月一五日号）

いまわの花

生月島隠れ切支丹の人たちは、殉難の時代からの歌オラショをのこしている。

む、
前はなあ　泉水やなあ
うしろは高きな岩なるやなあ
前もな　うしろも潮であかするやなあ
む、
この春はな　この春はなあ
桜な花かや　散るぢるやなあ
また来る春はな
つぼむ　開くる花であるぞやなあ
む、

かばねをば　中江の島にぞ埋めてぞなぁ
世界の果てまで名をぞとどむるぞやなぁむ、
参ろうやなぁ　参ろうやなぁ
パライゾの寺にぞ参ろやなぁむ、
パライゾの寺とな　申するやなぁ
広いな寺とは申するやなぁ
広いなあ狭いは　わが胸にあるぞやなぁ

この文言を読んでいて思い浮かぶのは、水俣病で死んだ幼女が、いまわのきわにみていた花の色である。桜の時期になると、いつもそれを語らずにはいなかった母親も、娘と同じ病いで、去年の夏に死亡した。まだ原因も究明されぬ時期にみまかった娘は、八つばかりであった。村中の異変と、娘の病状に放心している母親の耳に、まわらなくなってしまった口でいう娘の声が、ふととどいた。

極端な「構語障害」のため、ききとりにくかったが、母親だけにききとれる言い方で、その子は縁側にいざり出て、首をもたげ、唇を動かした。

なあ　かかしゃん
かかしゃん
しゃくらのはなの　咲いとるよう
美《いつく》しさよ　なあ
なあ　しゃくらのはなの
いつくしさよう
なあ　かかしゃん
しゃくらの　はなの

母親は、娘の眸に見入った。

「あれまだ……、この世が見えとったばいなぁ」

と思い、自分もふっとどこからか戻った気がした。何の病気だかわからない娘を抱え歩いて、病院巡りも数えきれぬほどして、どこだかわからぬような世の中に、踏み迷っていたような気がしていたのである。

——桜の時期になっとったばいなあ、世の中は春じゃったばいなあ、ち思いました。思いましたが、春がちゃんと見えたわけでもなかですもん。それでも、とよ子がさす指の先に、桜の咲いとりまして、ああほんに、美《いつく》しさようち、思いよりましたがなあ。

わたしはあの頃、どこにおりましたってでしょか。どうも、この世ではなかったごたるですよ。ここはどこじゃろうかち、思いよりましたです。人の居らすとは、見えとるですけど、人心地は無かってですもんね。

その頃は、今のように道も綺麗に出来とりません。雨の降りには、いや雪の降りにも、道のじゅたじゅたして、滑りよりましたが、八つになれば、背負うておりましても、軽うはなかです。忘れもしませんが、まっぽしさん（尋ねごとに的を射るように答える神様）に行った帰りに、雪の降る日に、痙攣の来まして、背中で、躰じゅう突張って反《そ》ねかやるもんですけん、じゅたじゅたの坂道に、親子ながら引っくり返ったですもん。そして下の段の畠にまで転げ返って、茨藪《いげやぶ》の中に。石は上から転げて来ますしなあ。よう、潰れ死にませんでした、あん時に。

とよ子、とよ子、潰れちゃおらんか、生きとっとかち、背中にいいました。まちっと赤子じゃれば、潰れ死にさせるところでした。八つになっとって、そういう病気になって、親の下敷になって、こりゃ死なせたばいと思いましたら、があちゃんごめん、があちゃんごめんち言うとですもんね、正気づいて。

かあちゃんち言えませんとですよ、口のかないませんもんで。自分の下が下敷になって、があちゃんち、潰れた声で。

あん時死なせずに、よっぽどよかったですよ。桜の花見て死んで。人のせぬ病気に掴まえられて、苦しんで死んで。その苦しみようは、人間のかわり、人さま方のかわりでした。それで美しか桜ば見て死んで。親に教えてくれましてなあ、口も利けんようになっとって。さくらと言えずに、しゃくら、しゃくらちゅうて、曲った指で。美しか、おひなさんのごたる指しとりましたて、曲ってしもて。その指で桜ばさしてみせて。

親は癒《なお》してやれませんでしたて。ありゃきっと、よか仏さんになりましたろなあ、きっと。よかところにきっと往たとると、親は思いたかですよ。人間のかわりに、人さま方のかわりになって往きましたですもん。

わたしは不思議じゃったですよ。この世にふっとあのとき戻ったですもん、死んでゆくあの子に呼ばれて、花ば見て。

どこに居ったとでしょうか、それまでは。

この世の景色は見えとって、見えとらん。人の言葉も聞いておって、聞こえてはおらん。わたしの言葉も、どなたにも聞こえちゃおらんとですもんねえ。ああいう所は、この世とあの世の間でしょうばいなあ。

とよ子が死んでから、自分の躰もおかしゅうなるばっかりで、長うは生きられませんとですもんきっと、同じ病気ですけん。あの子の言葉が、時々聞えますと、耳元に。

死ぬ前に美しかもんの見ゆれば、よか所にゆけるち言いますでしょ。仏さんの世界は遠かそうですもん、死んでからまた、その先に往かんばならんところは。十万億土ち云いますもん。

子供のうちじゃれば、この世の荷の軽かけん、早う往けますとでしょ、そこに。大人になれば荷も重うございますもん、いろいろ。

その上の荷がこの病気でなあ。とよ子は人さま方のかわりになって、人間の負うたことのない荷ば負うて、往きましたが、やっぱりなあ、ふびんでございますばい。まだ八つで。

病んで、ひとりではなんにもしきらず、人さまの厄介になるのをみすみす置いて、先に往きなはる親御さんも、おんなはるとですけん、残して往く人よりわたしはよっぽどよかですよなあ。親より先に往ってくれて。何ちゅう子でしょか、この世のなごりに、花まで見せてくれて。


溝口まさねという人であった。大工をしていた夫は、娘の後を追うように先に死に、さくらの花、というとき、この人は、眉根をきゅっと寄せ、いつもうるんでいた大きな黒目勝ちのまなこを思い凝らしたように遠くへ放っていた。かなしみのくれないが、瞼にさし

魂を衝つ人生の光芒！

講談社文芸文庫

《毎月10日発売》

kōdansha
bungei bunko

「講談社文芸文庫」のシンボル・マークは「鯨」です。水面下の大きさ、知性と優しさを象徴しています。

講談社文芸文庫

「講談社文芸文庫」への出版希望書目
その他ご意見をお寄せください。

〒112-8001
東京都文京区音羽2-12-21
「講談社文芸文庫」出版部

て、その顔は美しかった。

人さま方の替りに、人間の負ったことのない荷を負って、八つの娘とともに往くのだとは、人柱になる者の想いに近い。望んでなったのではないが、われとわが胸に、そのように言い聞かせねば、娘も成仏できまい。

人柱伝説は、わたしなどの幼時にもしばしば、村の老婆たちが語っていた。どこそこの橋やどこそこの「いぶ」を作る時、通りかかる母娘がいる。しるしになる模様や色合いの着物を着ていて、とらえられ、世のため人のために人柱になったものだとよく聞かされた。天明の頃の雨乞いに、かつては人柱のあったことを、この地を通った古川古松軒が「西遊雑記」に書きとめているが、「いぶ」とは汐止めの水門のことをいう。満潮の汐が、田んぼに入らぬように調節する水門である。チッソ工場の百間排水溝の水門のことを、古老たちは「百間のいぶ」と云っていて、水門は今でもその形をはっきり残している。

ご主人がなくなったとき、お悔みに行って「お仏間は？」とたずねると、まさねさんはこう言った。

「はあい。仏間は二階にあることはありますばってん、足の痛うして上りきらんですもん。わたしが上れませんけん、うちの人は、仏間にゃおんならぬかもしれません。仏間ちゅうてもなあ、形ばっかりで、水も上げられんとですもん。おんなはらんかもしれんですばってん、ようまあ、参って下はって、気の毒うございます。

どげんしましょ、こげんして参ってもろて。ほんにほんに、お返しがなあ、できませんが。お世話になるばかりで。……わたしはきっと、おたく方よりも先に、往きますとですがなあ。お返しできませんとがなあ、ほんにまあ気の毒さよ」

みるみる瞼の上が染まって、あえぎあえぎ彼女はそう言った。

人さま方の替りに……。面伏せ勝ちにこの人がそう云ったとき、そのまなこに、どういう人さま方の顔があったのだろうか。切ないことである。

対岸の天草で、三年ほど前、認定されたばかりの患者宅を、映画の土本典昭氏らに連れられて訪れたことがある。一族ほとんどが被病しておられた。がっしりとした構えの家で、お縁が海に面していた。村の中でもそれとわかる構えの網元のお家であった。一族が、あるいは網子の人びとが悲運に見舞われ始めた頃のこと。認定申請に踏み切る前後の苦悩など、ご主人がぼつぼつ語られて、わたくしどもはただ肯いているばかりであった。

その間じゅうわたしは、仏壇の隣りの、床の間いっぱいにしつらえられた、大がかりな祭壇が気になっていた。仏壇もまた、ここらの村によくある壮麗なものである。しかしそれに加えて、あきらかにことなる宗旨と思えるみなれない祭壇の前に、畳三分の一ほどもあろうかと思われる四角い木槽が置かれ、水が張ってあった。その中に五、六基のお位牌が漬けてある。お位牌を洗われるのだろうか。

お暇するに際してわたしは、目新しい祭壇のことをお尋ねしてみた。

「ご先祖さま方ですか」

「いいえ、こちらは、このごろ出ておいでなさった神様でございます」

壮年の歳頃でありながら両腿をひきずり、座敷をいざって出ていらしたが、いたく慇懃な物腰になって、ご主人はそうおっしゃった。

「ご信者は多うございますか」

「このごろ多かですよ。現に八代におる弟もお詣りしよります。それも下半身が麻痺しとりますもん。まだ若か身でですなあ……。元気で網曳きしよったとですばって。船にも乗れんごつなってしまいまして。それでもお詣りするようになりましてから元気になりまして、ラーメン屋開いて、がんばっとります。腰の方は、相変らずかないませんとですけれど。心が違うて来まして」

なぜ入信したか、などと問うのは無神経であろう。しかし、浅い水の中のお位牌についてては、お尋ねしないではいられなかった。

「こちらのお位牌はどなたさまのでございますか」

「それは人さまのお位牌でございます」

「ごゆかりの方ですか」

「はあ、ゆかりといえば」

その人は少し考えて云った。

「ゆかりはやっぱり、あるとでございましょうなあ。毎朝こうして、甘茶ばそそいでさしあげよりますけん。どなたかわからん、人さま方ですばってん」

「無縁仏さまですか、ここらのご近所でお果てになった？」

「いいえ、そういう訳でもありませんと。どなたかは知りませんが、ただ、人さま方というだけで、お供養しよります」

妻女がそばから云い添えられた。

「我が家の仏さまばかり拝んでも、わが勝手ばかりのようですけん、人さま方にもお参りしませんばなあ」

この家のさし迫ったような気持が、目前の見慣れない祀りごととなって展開しているのであった。わたしは胸をつかれ、雑な心で、この家を訪ねたことが恥じられた。

「学校ゆきたちも、朝々ちゃんと、甘茶をそそいでさしあげて、欠かさずお参りしてゆきますとです」

人さまという言葉のひびきは、じつにもの柔らかく美しかった。

水俣病地帯ということも加わって、ここらあたりでは、旧来の民間信仰や新興宗教の熱心な信者たちの噂をよく聞く。祈禱師たちの絶えざる往来については、いちいち例を挙げられないほどである。たとえば当地方によく知られている田んぼの中の古い棘《いげ》抜き地蔵さまなどは、二十年くらいの間に畳が敷かれ、祭壇が増設され、ひなびた堂宇には、天井まがいの板が張られて、蛍光灯がついた。蠟燭の炎のゆらめいていた昔の土間の暗がりが、お祈りをするにはふさわしかった気もするが、信者たちが願解きのお札にさしあげるのだから、霊験はいよいよあらたかなのであろう。

天草の島を廻ってみれば、禅宗の寺のまわりに、地蔵さまや馬頭観音さまが寄せ集められていたり、浄土真宗の寺に恵比須さまがあったりもする。寺の趣旨ではないだろうけれども、門徒たちのこころの一端を知ることができる。

そのようなこころをあらわして「このごろ出ておいでになった新しか神さま」や「人さま方」と発語される時の表情、物腰、その声音のなんともの優しいことか。

「新しか神さま」の出自由来をわたしは知らない。この人びとにとっては、何教何宗であれ、ただ時々の機縁にすぎまい。既存の神仏をこの人びとは敬い、さらなる所縁によって「このごろ出ておいでになった新しか神さま」や「人さま方」の霊を、より身近かに感じているのである。たとえば人類愛とか、小さな親切などと、この人びとはことさらしく言わない。それは論ずることでなく、人びとの日常の深みにあって姿をとる神仏である。

「たとえ、よその宗、よその神仏《かみほとけ》さまであっても、人間の世の中でさえ、隣りのお人には丁寧にするのに、おろそかにはできん」とここらの人びとは考えている。心も姿も、黄昏の光のような、大悲の世界に住む人びとなのであろう。

「人さま方」というような発語は、生月島の歌オラショの世界や、いまわの花にみちびかれて往った母娘と、魂の血縁で結ばれている。「パライゾの寺にまいろやなあ」という歌オラショにも、土俗化した仏教との根深い混淆がうかがわれる。いかなる宗門の理念であれ、民衆はこれを、おのが情念の世界へと読み替えずにはいない。

『六法全書』という本を「仏さまの創りなはった六つの法律の書物」と思いこんでいる人びとさえ、わたしの周辺には少なからずいる。見たこともない『六法全書』をなぜ読み解いたつもりに人びとはなるのであろうか。現実の『六法全書』よりも、人びとの希求する理念の方が、より遠くより深く、この世の至福をのぞいてみているからにほかならない。

自分らを「なあんも知らん馬鹿」と名乗る者たちの、学問や経典に対する尊崇はそこから生れて来る。このような民衆あるゆえに、既存の諸教団は限りなく維持されてゆくのではあるまいか。

そしてまた飛躍するようだけれど、しきりにおもうことがある。このような地域から、潮も人もゆき来している沖縄や八重山群島の白鳥や綾蝶《あやはびら》のありようは、仏教的類縁を放れているゆえに、きわだった高い抽象性と暗示をもちえて、使いの鳥、使いの蝶として、はるかな水平線の上からよみがえり、呼びかけてやまない。

（春秋社「仏教と日本人1」『神と仏』一九八五年一一月）

昏れてゆく風

水俣から出て来て熊本の仕事場に入った。某寺の一隅だが、一夜明けたら境内は落ち葉で埋まっている。大通りへ出て郵便局にゆく。それから滞在中の食糧を買い出しに、スーパーマーケットにゆく。

出て来た日、銀杏の街路樹はまだ青々としていたのだが、二日経ったばかりというのに、心の遠い内景が、一時にはっとひらいたほど黄ばみはじめ、夕闇近い大地に浮き立っていた。厚みのある曇天だった。広い鋪道はがらんとして人影はみえず、にわかにゆき昏れたような儚《はかな》い感じがおそってくる。ゆく手に昏れてゆく風景と、心の奥に閉じていた景色がふいに広がり重なって、あの時間の中にまた這入ってしまったとわたしは思う。

頭上に高くくろぐろと、巨大な樟《くすのき》の枝が重なりかぶさってくる神社の脇を通り抜けた時、その感じはやってきた。まだ若木の銀杏の並木は昏れ方の風を伴って、広い鋪道が展けていた。その道に這入ってゆくのはわたしだけだった。しばらくわたしは立ち止まった。自分が里程標になった気がしたからだ。まだ出来上がらない地方都市と、その都市を成立させるために解体し、埋没した村々との間の里程標に。

はるか彼方にひとたびは完成し、そして凋落しつつある大都市の影が、初源の村の方へと伸びてくる。文明のたそがれの色が。

解体する村々の瘴気にあぶり立てられて、出郷して行った者たちを、わたしはずっと見送り続けた。出郷者たちが置いて去った者たちを、看取らねばならなかったから。村に残り、蛇たちのうごめく腐木の洞に落ちて、悶え死にしたおびただしい者のことも見て来た。しかしながら村はずっと美しかった。

ありとあらゆる悪意の集中を受けて引き裂けたために、まだ未解読の宗教と哲学が残り、最後の村にはあの、いぶし銀という色さえかかった。銀杏がわたしを誘うのはそのためだ。銀杏の色は、現世と黄泉《よみ》とをつなぎ合わせ、村か都市かのどちらかへ、逃げこまねばならない者たちの肩に舞いかかり、この世のたそがれを教えてくれる。

わたしの内なる情景は、薔薇色の光をたたえてひろがる朝の海と空から始まり、この列島をゆき来する細い野面の道が見える。その道は訳知りたちが粗雑に称《よ》びならわすあの、前近代の方に昏れ入っている。

草がふるえる。風が大地から湧いてくる。地表の下にくずれている村々の、田んぼや泉からそれが湧いてくる。泉の多い村々だったのだ、たぶんここら一帯は。

わたしがいつも立ち止まってみるところは、きっと草っ原だったのだと思う。かなり広い畑地の続く野面だったにちがいない。大樟の森がそんな風を呑み込み、電車の通る背後の市街へ送りやる。わたしは覚醒し、未完の都市計画の地図の部分をなぞるように、郵便局へゆく途中だったことを思い出す。

郵便局へゆく道すじを覚える途中で、畑と畑をつないでいた野道のはしっこや、馬小屋の柱石を見つけたり、野葡萄の茂みが、建築会社のプレハブの、空小屋の下敷になっているのを見たりした。大通りへ出ると、半年ぐらいでしょっちゅう代替わりしているらしい、角の和風スナックの店からその鋪道は始まっていた。

若い友人をもてなそうと思って、開店したばかりの初代の店をのぞいたことがある。めったにそのような場所へゆかぬわたしは、店そのものが珍しかった。カウンターと畳敷にわかれた畳の方に坐り、木の香の匂う造りを感心しながら眺めていたが、頼んだ焼き鳥が出てきて驚愕した。

木の葉と見まがう薄さに切った鳥のレバーの、ひらひらの薄さの間に、よくもはみ出さずに刺したと思われるほど、上手に竹串を刺し、二センチ角ほどの三枚で一本の串になっている。店を賄っている青年と小母さんのやりとりを聞いていると、親類同士であるらしい。出されたお茶がまた国鉄顔負けのものであった。

「なんというコクハク……」

呑み助の若い友人は首を落として呟いた。その友人が小声でいうには、この串の三倍くらいの量が刺してあれば、他の店の定価とつりあうのだそうだ。

愛想だけはきわめてよかった。真新しいエプロンがけの物腰からして、近郊の百姓のかみさんが、にわかに転業した趣であった。その転業したての思い切ったコクハクぶりが、一種の甲斐甲斐しさにみえなくもなかった。

うっすらと漂う店内の煙を見ながらわたしは思い当たった。自分の村にいた名だたるあの「辛抱神」たちのことを。結《ゆい》の行事の二十三夜や川祭りに、めいめい持ち寄る重詰めや鉢盛りのご馳走を、どのようなことがあろうとも、絶対に人の三分の一くらい持参して、必ずわたしの家や他家の分をいそいそと、自分の皿に大山盛りに入れて貰って帰る、あの小母さんたちの同類がそこにいたのである。

わたしは胸のむずがゆいような親近感をもって、まじまじと、落ち葉のように反《そ》っている焼き鳥の串を眺めながら、思うことがあった。新興の街となりつつあるこの一角に、一事が万事あの主義で、やり通して来たであろう辛抱神たちの一統が、進出しつつあるのかもしれない。

しかし、経理能力のまるで無いわたしから見てさえ、彼女らの度外れにわびしい計算は、新しい街の商売のやり方に、うまく乗っているとは思えなかった。

わたしの知っている村のならいでいえば、彼女らのような存在への、まるごとの認知があった。村は賑わわねばならなかったから、それくらいの個性も交じっていて均衡が保たれていた。彼女らが名うての辛抱神、つまり吝嗇神であることは、そうでない女たちに格好の話題を提供し、それはいつでも民話や落語の原型をなしていた。何らかの理由で彼女らは村から出発した。おそらくその時点で、村は彼女らの中で解体したのであろう。

けれども彼女らのいる街は完全に出来上がってもおらず、客たちは、別々の村からやって来た人間だった。野中を貫いた十メートル道路は目新しく、角に出来た和風スナックは、周辺の若者や通りすがりのよそ者の気を、ちょっとぐらいひくにすぎない。ほんの束の間、この店で顔を合わせたものたちは、双方ともに、まだどこへとも行きつけぬ者たちだった。都市は村の人間たちをどんどん消費するのである。

「あの店は、ありゃぁ、すぐ潰るるですよ」

その種の店にくわしいらしい友人は、恨みのこもった顔付きで断言した。その通りだった。角の店はすぐに代替わりし、幾度も看板が変わった。

角から三軒目は大きな農家である。通りに面して窓のないトタン壁の倉があり、母屋と向きあってその背後は竹林に囲まれている。窓のない倉は不自然にみえる。思うにこの十メートル道路は、倉の裏壁すれすれを通ることとなり、窓をつけていた、もとの土壁をずり落とし、青く塗られた波形のトタン板で応急処置をほどこされたにちがいない。そのような倉の向きは、トラックの轟音にゆさぶられることとなった母屋を、うまく防御している格好なのだが、わたしの目をひいたのは、小屋の根元に生えていて野草化している箒草だった。

二十年くらい前まで、わたしの家でも庭箒用に栽培して、要らない分は軒下に吊るしておくと、村の人が見つけて貰いにくる。市販の箒より丈夫で、根元をくって逆さにすれば、穂先がすぐさま箒になるのである。荒れ地でもよく根付くので、塀を仕切って境を強調しなかった時代の、家と家との裏口をつなぐドブ川や、小径の縁などが、箒草で出来ていた。そのような小径は曲線になっていて、村中にはりめぐらされた通路でもあった。このような小径を誰も来なくなるとその家は、村八分にされたのである。しかし村八分などはめったには起きなかった。水俣病だけが例外だった。

新しい鋪道の下やそのわきに、どのような小径がめぐらされ、畑地があり藪があり、草っ原があったのか、聞けばまだこの鋪道が出来て七、八年という。

気をつけてみると、村は、新しく建ち始めた建築物の間にまだ残っていなくもなかった。背高泡立草に侵蝕され始めた空地に、不動産屋の電話番号を記した横標識が立つ。するとその標識に、秋になると葛の花が絡まり咲いたり、夏は根元に、草苺の赤い実が成ったりした。萱も笹も自然薯も、豆蔦も、まだ季節の色をもち、測量設計事務所の看板を包んでいたりする。

鋪道の脇に建ち始めた建物には、水俣にない種類がいくつかある。

金銭登録機販売会社というのが、ここを通る度にわたしにはわからなかった。店の構えからして銀行でもなし、金銭登録の銭というのが古いイメージに思えたから、わたしの想像したものは、箱枕の中に小銭のヘソクリをしていた大叔母のイメージもあって、つまりはそのような意味のヘソクリ用機械であろうかとも思いつつなお、怪訝な感じであった。

なぜこのようなことを記すかというと、わたし自身が、さまよえる村の目であり、わたし自身の内景、すなわち日本近代を形造ってゆく生理としての村の情景を、その基底のところから読み解いてゆきたいからだ。

さてかの農家の三軒先には、運送会社の住宅という三階建てアパートがある。クレーン、ブルドーザー、重量トラック、バックホーを取り扱い、宅地造成、引っ越しすべて引き受けると看板が出て、自家用のガソリンスタンドを持つ。事業主の本宅への、道路標識が立っているのを見れば、相当の経営体と思われる。このような種類の事業主も水俣では見当たらない。男性のためのパーマ屋を兼業する、超モダンな美容院の先に、十字形の辻があって信号がついた。人が居ないことが多いので、わたしも向こうから来る車も、どんどん赤信号で渡ってしまう。するとその先、この地では名の知れ渡った古い神社の脇に、「グローバルマンション」なるものが建ったのである。

神社の向かいの鋪道に面して去年まで、三味線の音じめの聞こえる二階家があった。マッチ箱を立てたような形の下の階は、よろい扉がいつも閉まっていて、鋪道よりは引き上がっているので車庫とは思えない。様子からしてもとの前庭を、重量トラックが地ひびき立てて通ることになったのだろう。三味線の鳴っていた二階も、今は閉じられたままで借り手もないらしい。

神社のまん前には、西南役に参加した熊本隊出発の碑があり、志士たちが、戦勝の祈願をこの神社にしたとある。続いて不動産会社、測量事務所、海上火災保険会社職員アパート、建設会社のオフィスという具合に、新しい建物が、村のためにあったバラ科や蔓性植物を押しひしいで、畑をはさみながら十メートル鋪道の脇に点在する。

畑には、さきごろまで野稲や大豆、ささげ、茄子、トマト、唐黍などがつくられていた。長い畝のつくり方からして、家庭菜園というより、市場出荷向けの栽培と思われる。今は京菜や葱や、里芋、甘藷、畑山芋、人参、大根、白菜などがつくられていて、こう寒いと、甘藷が霜にやられはすまいかと、よそさまの畑を心配したりする。ついこの間までずいぶん肥沃な野で、畑地や村をつなぐ、草丈のたかい原っぱが点在していたろうと推察される。わたしの仕事場あたりは竹林であったという。

つまりこのように書いてみれば、少しばかり色の薄い村落共同体の夢のあとを、ゆき場のない不知火海のほとりの遺民が、さまよい歩いているわけなのである。

ゆく手に昏れる風景と心の内景とが重なるのは、じつは十年前に、東京チッソ本社前の路上に坐り続け、泊まり続けて見ていた、風景としての日本近代(そこでは人のありようも風景として見えたから)と、そのゆき止まりの情景が心にあるからだ。そしてわたしの心にある景色とは、出郷することが出来なかったものたちが抱えこんで来た、内側からの、日本近代の負性としての風土に生き死にする人間の情景である。

水俣、そこから百キロばかり移動して、前途の行き止まり地点と、流出の基盤であった風土との間に立てば、出郷した者たちと、しなかった者たちとの影がゆき来する。わたしの内部を彼らは往き来しているゆえに、わたしは自分自身を通底の軸にして、胸に昏れる未来と前近代の間をつなぐ地下水の通路を、たどりたく思っているのだ。

情況とは常に、わたしにとっては風景なのだった。いかなるひき裂けた情景といえども、その裂け目こそが世界というものだった。今もそれは変わらない。無常という風がわたしに向かって吹く。

魂のゆく手を指示してくれたのは、一九七一年の東京においても、根元をコンクリートでふさがれ、半ば奇形化して骨だけになった丸の内ビル街の深夜の鈴懸だった。まだ生きていた鈴懸の木々から、わたしは日本列島を貫いている虚無を教えられた。高度成長の結果という言い方もあるのだろうけれども、わたしは形而上的な意味ではなくて、実質としての虚無、その反面としての功利主義が、この列島の顔となって、日本人の表情が急速に変貌しつつあるのを見ていた。もちろん水俣のおかれている情況から視えはじめて。

人びとは、人間的情感をうしなうことを代償にして、情報の媒体そのものとなっていた。まるで新聞の縮刷版だったり、雑誌で出来上がったような人間たちに逢った。思想も風俗で、流行り廃りがあり、人間的感情さえもコピーされたもののようだった。コピーが精緻であるか、粗雑であるかの差が問題にされているようだった。それがまさしく「時代」というものだった。

そしてまた、そのような人間群が権力機構の中に集約されて、姿をあらわす形もさまざまに見ることが出来た。坐り込みの相手はチッソでもあり、国家とその諸機関でもあった。極点としての水俣は、情況——政治はいうに及ばず文化——を計るに、縮尺自在な物差しともなることをわたしは知ったのだった。いわばそれは全構造の、組み合わせの形のひとつにすぎないことも教えられる。

もちろん、そのような組み合わせの多層性のそこかしこから、送られてくる信号、あのばらばらに引き離されたものたちの痛苦のようなもの、吐息のようなもの、あるいは稀に、大地の微笑のような人間的歓喜などが聞こえているゆえに、わたしのアンテナもまだ死なないでいるのだろう。

さてまた水俣に戻れば、こういうことがある。

ヘドロの底に生き埋めとなった藪くらや、渚に居て賑わっていた生類たち、あの狐や蟹や、葦の葉に登る魚たちのことを、絵物語りにすることが進行中なのだが、若い編集長と、絵を受け持って下さる丸木俊さんを案内して、漁師さんの家をたずねた。今は亡くなったおじいちゃんの代の頃から、漁のことだけでなく、生きるということについて、深い示唆を受けている家で、もとより一家は水俣病家族である。

わたしは、記憶の中にある昭和初期以前の農漁民の使っていた道具の数々や、仕事着について、下手な略図を書いてみたがどうも心もとない。ことに漁師の、舟の上での仕事着の男女差についてはうろ覚えなので、たしかめたかった。

前もって訪問したい意向を伝え、ご都合をたずねておいた。案内を乞うと、いつになく咽喉につっかえたような返事が奥の方でして、いつものように透明な朗らかさが返って来ない。やがてきしみながら襖が開いて、出てくる女主人を見て色を失った。

必死な形相で、身をよじるようにしながら這い出てこられるのである。あっ、あっ、と言いながら突っ立っているわたしに、彼女は顔を振り上げ、おどろくな、おどろくな、というような表情をなさる。そのような顔をつくるのにどれだけ渾身の力を要していることか、次の瞬間には虚空の彼方に向けて、まなじりが張り裂けんばかりにひらくのでわかった。わたしは息をのみ、おろおろするばかりだった。

しばしば遭遇するもと漁家での情景、つまり水俣病の突然の重症化ということが、わたしをわし掴みにしたのではない。それももちろんないとは言えなかった。彼女がここ三十年間に歩いて来た、生きるための軌跡のそれぞれの部分について、ほんの幾分かわたしも知っている。

全戸洩れなく被病して、激甚な水俣病集中多発地区となってしまった村である。父母も親族たちも発病し、死ぬべき者は死に尽くした。網子たちも潰滅したので、網元であった家がまったく立ちゆかなくなった時期に、相愛の仲であった青年が入り婿となった。病の軽い日には鴛鴦《おしどり》のごとく並んで漁に出る。五人の男の子たちが両親をよく助ける。歯を喰いしばり、のたうつ日々のふとした空隙にも、家族の誰かが賑わいごとを考え出す。四つ五つの末子が、親の気質を受け継いで、賑わい神になって笑わせたりする。

「父ちゃんと海に出る時がいちばんの極楽。舟の上でなあ、踊ったりして」

彼女がそう言えば、まわりがどっと賑わう。そのまわりとは、彼女と等しいほどの受苦を共に体験した人びとである。

「栄子は賑やわせ神じゃもん」

人びとはそう言って目元を崩す。

彼女一家が村から突出して、第一次訴訟に踏み切った当時の、村中の憎悪は凄まじく、この一家を孤立させた。それに参画した村民たちは、徐々に破れて行ったタブーのあとで、被病を名乗り出た人びとでもある。そのようなまわりをまとめるための、賑わいは、ケの日をハレにする祭祀であることを、彼女自身も人びとも知っている。村はながい情況を経て、時の目盛りを超えねばならぬ時期に、来ているのかもしれなかった。失われていた共同の結が、笑って賑わうという形で、もとに戻りはじめたのだろうか。

息子たちが早く成人してくれたら、船団を組んで海に出たいと願い、どの子も赤児の時から舟に乗せて出た。船団は中々組めない。持続して海に出られる体力ではないのである。裁判の勝訴と東京チッソ本社坐り込みによって補償金が出た。彼女を実子よりも慈しんで育ててくれた養父の死に金であった。

岬に弁天さまのいらっしゃる、小さな入江に向いた彼女の家に、大漁旗よりつつましい「栄子食堂」という看板がかかげられたとき、わたしたちは、やった！　と思ったものだ。茂道《もどう》部落はじまって以来の食堂だった。補償金をめぐって、虐殺された者の遺族、まだその毒を心身に蓄えて生きねばならぬものたちの懐をさしのぞいて、勘定し、難くせをつける者たちのキャンペーンが、張られ続けていたからである。

妻は白いエプロンをかけておでんの鍋を炊き、焼き飯や、「ちゃんぽん」のメニューがかかっていた。飛び切り盛りがよく、元手がオーバーするのではないかと皆が思った。夫は、櫓を漕いでいた手に出前箱を提げて、にこにこと忙しげだった。合間に夫婦は、はだしの医者塾をはじめた熊大の原田正純先生や塾生たちに、自分を実験台にした薬草の採取法や、効き目のさまざまについて講義した。

食堂の前の道は二メートル幅ほどで、今でも小型自動車一台が、下の崖に落ちないように、そろそろとゆくが、そこらが束の間、茂道のメインストリートだった。食堂は長くは続かなかった。はためにも蒲柳《ほりゆう》の質《たち》と見える夫の雄さんが入院したのである。食堂をはじめる前にも水俣病が重体化して、わたしたちは熊本市内の病院にかつぎ込んだ。今度は胸の疾患だった。栄子食堂の看板はしかし下ろされていない。いつでも直ちに復帰するつもりなのだ。折々舟を出すとみえ、白魚に似た、ちりめん白子《しろこ》や、片口イワシがはるばる届いたりした。

わたしは、この夫婦が交互に横になっていて、長すぎる受難の日々をやわらげあい、ご先祖や、村の中で死んだ者たち、魚、猫、狐、カラス、水鳥、人間たち、そして生きている自分たちの供養を続けているのを知っていた。漁にも出られず、食堂もあけられぬ日々を、静謐な祭りごとで過ごし、患者たちや村のもめごと、悩みごとの相談相手になって送っていると考えていた。それはそれで、たいした思いちがいではなかったろう。

彼女が四つん這いで出て来たとき、わたしがはげしく搏《う》たれたのは、彼女の心と躰の、なにものにも掩《おお》われていないその意力だった。

彼女はいつも絶やさぬあの微笑をこしらえようとするのだが、この日ばかりは、なかなかそれが出来なかった。なにしろその日は、手で歩かねばならないようにみえた。足はついて来ないふうだった。手と足の間で、お腹と背中と、腰が、ばらばらにねじれるようだった。なんとかねじれを止めようとした彼女は、柱にとり縋って立ち上がった。このごろの日常動作の過程のひとつかもしれない、とわたしは思ったりした。去年は踊りが出来たのに。

激症に戻ってしまった原因にわたしは思い当たった。この夏、沖合でひっくり返った舟から落ちた人間を、夫婦で助けあげたからである。救助は困難をきわめた。溺死人（その人は仮死状態になっていた）を掴んでいて、その重さで失神寸前になった時、

「魚なら、網にかかった魚なら、重すぎた時は海に打ち捨つるばってん、人間は、打ち捨てられん」

夫婦ともそう思ったという。大ざっぱに記して、彼女が自ら敷いて来た生身の軌跡とはそのようなことであった。今、目の前にある彼女は、自ら敷いたレールの上に、傷みきった舟を乗せた、でこぼこのトロッコのような形になっていて、けんめいに歯止めをかけつつ、そろそろと確実に日常世界に近づいて来つつある。いや、ひょっとして猛スピードで、やって来つつあるのかもしれない。そのようにわたしは感じた。わたしの見たのは、たまたまそういう姿のストップモーションの一カットだったとも云える。それはじつに凝縮された姿だった。

一年前、二年前と、丸木俊さんも彼女と逢っていた。彼女は土着の日舞の師匠について いて、ともすれば曲がったり転んだりする足腰を鍛えようとしていた。漁婦が舞踊家に転じたわけではない。あるひとときの舞い姿が、丸木さんの絵筆で描き留められてもいた。天性の漁婦の海でのありようをどう説明したものか。

九州の胎内のような地形にある不知火海は、外洋とはまるで異なり、この島国の風土の生命の潮の湧くところ、というふうに思える。

舟に乗っている彼女の姿は、そのような潮の、内と外へ呼びかける神舞いのように闊達でのびやかである。魚たちの群は彼女をめぐって回游し、彼女の声はまた、魚たちとともに空を游いだりする。あの巫女と名づけられる古代牧歌の精霊たちの母のように、自由の始源をあらわす女、彼女を評するとすれば、そのような存在と云えよう。六年前から始められた、不知火海沿岸総合学術調査団の諸先生方も、来られる度ごとに必ず彼女のもてなしを受け、水俣での気の晴れぬ日々に、活力を与えられて帰ってゆかれる。彼女が日常語る言葉を総合すれば、ほとんど詩篇そのものと云ってよく、中空にそよぐれんぎょうの花のような声の光を持っている。あねごのようで、天性の深い知慧を授けられたものの率直さでものを云う。わたしより年下だが、

「道子さんは、世間のことには暗かなあ」

といわれてしまう。

彼女が重度の症状を持つ身であることを知らぬではなかった。にもかかわらず彼女と逢えば五体満足（でもないが）なつもりのわたしは、常に関係が逆転してしまい、高度の精神的医術をほどこされたような、心が綿玉のようにやわらかくなるのを覚えるのだった。

いま思う。彼女は残された村で、日本近代の病根のもっともふかいところ、もっともねじれの深い、しめ木のところに身を置いているのである。誰かが物理的にひき受けねばならぬ、もっとも分の悪いところを彼女は引き受けている、とわたしにはおもえる。

極度の痛みがややややわらいだかと思えるまで待っているうち、わたしは訪問の意味を思い出した。舟の上での漁婦たちの仕事着の短さ、太股の、どのあたりまであったかを、夫の杉本雄さんにたずねた。するとかたわらから、音符が光のさざ波を立てるような声で、彼女が教えた。さきほどの姿の延長のような躰のままで。

「はあもう、道子さんなあ、短さも短さ、ちらちら見えよりましたです。舟の上では男も、おなごも。足をちょっと、こう上げれば。わたしの父親も母もそうでした。みんなそうばい。

どの舟でもそうした眺めじゃった。それでなければ仕事が出来んとですけん。冬なんか、潮に濡れれば、ドンザ（刺子の厚いボロ着）が三日も四日も乾かんですけん、濡らさんのが大事じゃったですよ。それで股の間がいよいよ寒うなれば、褌やら腰巻きやら、それもえらい短こう、膝の下までくることはなかった。はい、素足で。

草履のなんの、土足じゃ上がりません。舟に上がる時は座敷に上がるのと同じ。草履揃えて上がりよったですよ、そういう格好で。今もそげんするです」

彼女の声を聞いていれば、世界の奥はさらに深く、どこまでも広い。

（「エコノミスト」一九八一年一二月八日号）

島へ――不知火海総合学術調査団への便り

水俣病センターキノコ工場相思社につとめる患者、坂本登さんと緒方正人さん、そして厖大な患者たちを世話している若者二人が、熊本県警に逮捕された事件の中に呼びもどされた時、わたしはしきりに遺言状の草稿と、死んだ直後に自分が見ている葬式について思いめぐらしていました。この葬式はじつに魅力的な究極の文学で、すっかりそこにはまり込んでいたせいで、まだ半分くらいしか現実の中にもどっていなかったわたしは、弁護士の山口紀洋さんと逮捕青年のユーコちゃんに、

「あの、遺言状のことでご相談したいのですけれど」

と場ちがいなことを持ちかけたのです。青年たちが留置場から帰って来た日の道ばたで。二人はきょとんと顔を見合わせ、坊主頭の好漢山口弁護士は、まじめそうにうたがわしそうに、

「あの、財産でも、ありなんですか」

とおっしゃいました。わたしはびっくり仰天し、

「えっ！　財産？　とんでもない」

お葬式のことで、といいかけるまえ、二人は、わははは、わははは、わははは、と天にむかって体をよじり、大口あけて笑ったのです。

一九七五年の初秋でした。熊本地方裁判所のほとりの鋪道をわたしたちは歩いていました。逮捕勾留されて、衰弱しきっている水俣病認定申請協議会に属する患者二人、およびその家族たちがおちいっているやりきれなさに思いをめぐらしながら。かくなり来たっている情況の拡大と深化と、同時進行している風化現象を考えながら。

逮捕された二人の患者の家族たちは、ほとんど重度の認定患者です。熊本県警が特別捜査本部までもうけて、水俣市出月の、患者集中部落に機動隊の装甲車を派遣し、早暁、村人たちの注視する中で、泣きすがる妻と幼い子どもの目前で、躰の不自由な坂本登さんに手錠をかけて連れ去った背後のうごきはまことに露骨に、未認定患者たちとこれを支援するものたちを脅迫したのです。

水俣病認定申請協議会は、このあたりの「水俣病センター相思社」に本拠を構えていて、熊本県当局および、熊本地方検察庁や熊本県警、そしてこれをあやつるものたちにとって、厄介な集団に育ちつつありました。東京でのチッソ本社坐りこみを解いて帰郷したのち、水俣に住みついていた若い支援者グループと、川本輝夫さんが核になった未認定患者の掘りおこしが進むにつれ、水俣市に接続する海浜の葦北郡津奈木、湯浦、佐敷、田浦、水俣奥地の鹿児島県大口市一帯、更に海岸に出て鹿児島県出水市一帯、対岸の獅子島、桂島、熊本県天草の御所浦島一帯に広がりながら、潜在していた厖大な患者群が浮上しかけていました。

これら未認定患者の頂点部分が、主に川本さんらの申請協議会に参集し、水俣病審査会や県議会に働きかけを始め、そのうごきが、行政当局、検察当局の目ざわりになって来たことも明白でした。万の単位をゆうに越える、潜在患者たちのよりどころである申請協議会の中枢部を、いっきょに包囲し潰滅させようということは、いかにも考えられうる戦略です。女性を含めた、患者たちの手足である若者のほとんど全員に、任意出頭のハガキが舞い込んで来てもいたのです。県庁その他への抗議行動が過激であるという印象づけをするためと思われます。

検察と県警がそのようにことを運ぶきっかけになりえたのは、七五年八月七日、県議会公害対策特別委員会（杉村国夫委員長）委員たちの、環境庁への陳情行動でした。翌八月八日東京支社発として『熊本日日新聞』に、「申請者にニセ患者が多い」という見出しの記事が出ました。

――まず杉村委員長が「行政不服審査請求で今回のような差し戻し裁決が下されれば、一度は棄却された患者が請求してくるだろうし、これによって一つのグループの圧力が増す」と発言、あとはセキを切ったように露骨な患者批判が続出した。「だいたい認定即補償という仕組みがいけない。ニセの患者が補償金目当てに次々に申請している。もはや金の亡者だ」「運転免許のさいは視野狭さくじゃないのに、検診のときは視野狭さくで見えないと答える」「認定審査会はどの申請者がシロかクロかの区別に苦労している」さらに「患者に認定されれば千六百万円もらえるので、水俣市ではニセ患者が相次いで申請を出している」「だいたい、申請者は金ばかりに目をむけてオレもオレもと何回も申請を出している」と発言はエスカレートした。こうした予想外の説明に環境庁側も面くらったようすで「とにかく環境庁側としては四十六年の事務次官通達を基本線に行政を行うだけです」（柳瀬企画調整局長）と繰り返し、返答に窮した格好。

最後に「県知事や県の職員は環境庁に遠慮して、こういったことは言って来なかった。しかしこれは事実であり、これまで私たちが言ったことは県民の声だ。どうかよろしく」と締めくくった。

同席した県担当者は、陳情の間中、終始〝何が飛び出すやら……〟とヒヤヒヤした様子。終わって「きょうのことはあまり詳しく書かないで下さい」とこれが及ぼす影響を心配して頼みこむ一幕もあった――

大病院の経営者でもある、自民党議員杉村国夫委員長は、熊本県警の担当医であり、熊本県議会公害対策特別委員会の委員長というのであれば、いうまでもなく、水俣病救済の最高責任者でなければなりません。その肩書で環境庁に陳情に行った第一声が、右のとおりであったので、かねて水俣病に関しては「中立的」な記事を書く地元紙も、驚愕を洩らしてしまったと思われます。ちなみにこの杉村という人物は、一度も水俣現地を訪れて、ここに呻吟する患者たちを診たこともなく、手弁当の自前で厖大な患者群をかかえ、五年も六年もその実状につき添い続けている支援の若者たちとくらべれば、救い難い無知蒙昧な人物といわねばなりません。但しこの人物の発言内容は、患者たちをとりまいている、地域感情の一面を伝えていることにおいて、非常に肉声的でもありました。

認定申請協議会の患者たちが、直ちに抗議行動に出たのは当然のことでした。九月二十五日、熊本県議会で、公害対策特別委員会が開かれるのを機会に、杉村氏を名誉毀損で告訴するとともに、抗議の表明をすべく、若者たちにつき添われて面会を求めに上熊しました。委員会室に患者たちを入れる、入れないでまずちょっとした揉み合いがあり、結局中に入った患者たちに対して、杉村氏が自己の発言への、なんの釈明にもならぬ声明文を読みあげ退場しようとしました。患者たちが追いすがり、揉み合いとなりこの間一分か二分。

歩行さえ満足に出来ない坂本登さんと、支援者たちが、「共謀の上」委員会の休憩を宣言した杉村氏をとり囲み、その「背部を強くつねり」蹴ったり殴ったり、その股間を蹴りあげたり、一カ月の負傷を負わせたとして、公務執行妨害と傷害という名目で、ほかならぬ杉村委員長から告訴されたわけでした。県警は直ちに特別捜査本部をもうけ、水俣市はじまって以来の大捜査、逮捕陣の派遣となりました。目撃した村々がどのような驚愕と恐怖におそわれましたことか。

七二年十二月末、チッソ社員に傷害を与えたとして、川本輝夫さんを逮捕した時、同じ出月地域にある川本家にまず、威嚇的な捜査網を敷いてから三年目、さらなる重装備の討手をさしむけたというわけです。無防備のものたちをからめとるために。逮捕されたものたちの家族たちが（しかも重病人たちが）、どのような状況におとしいれられたか、意図したものたちの首尾はまず、上々であったことでしょう。

杉村国夫委員長一カ月の加療という診断書を、その日のうちに書いたのは、同僚の県議会議員（人吉市警察医）であり、特別捜査本部をもうけねばならぬほどの負傷者を診断するのに、県議会事務局の用箋を使って書いているのは、診察用具もない事務局内部で、股間をひらいて調べられたのか、医学的にずさんではないかと、山口弁護士は抗議集会で報告し、集まり来たった熊本市民を笑わせました。

このようなことがあって、わたしは、自分がふたたび現世に呼びもどされつつあるのだと自覚しはじめていました。幼児なみで、自分を養うのに七十パーセントしかエネルギーがないといわれている心臓が、とくとく、とくとく、何かに対して反応しはじめているのに気づき、おや、と耳をすます日が時々おとずれました。

目をあけると、眼底だか網膜だかにまっ赤な色がついていて、刑事たちの振りかざす手錠が、患者たちの首をぎゅっとしめつける光景が決して幻覚ではなく、うつつの裁判所の廷内で、肉眼のまっ赤なフィルターのすぐ向こうにうつるのでした。眼が、このように病むのは、神さまの謎を解けというご命令なんだなあとわたしはおもい、真新しい麻の腰縄を打たれて、曳いてゆかれる患者たちの姿と、その腰縄のはしを握る刑事たちの貌に見入りました。

わたしのあたまはかすかにまわりはじめ、しかしやっぱり、遺言状というものは書いておかねばならん、と思うのでした。不知火海沿岸総合学術調査団というようなものを発足させる前に、それをしておかねば。

生きのびるのであれば、不知火海沿岸一帯の歴史と現在の、とり出しうる限りの復原図を、目に見える形にしておかねばならぬと、わたしは以前から考えはじめていました。せめてここ百年間をさかのぼり、生きていた地域の姿をまるまるそっくり、海の底のひだの奥から、山々の心音のひとつひとつにいたるまで、微生物から無生物といわれるものまで、前近代から近代まで、この沿岸一帯から抽出されうる、生物学、社会学、民俗学、海洋形態学、地誌学、歴史学、政治経済学、文化人類学等、あらゆる学問の網の目にかけておかねばならないのではないか。網の目にかけるということは、逆にまた、現地のひとびとの目の網に、学術調査なるものがかかるということでもあります。出来あがった立体的なサンプルは、わが列島のどの部分をも計れる目盛りになるでしょう。東西古今の書籍を積みあげ総合して、これを計る尺度もさりながら、不知火海沿岸一帯そのものが、まだやきつけの仕上がらない、わが近代の陰画総体であり、居ながらにして、この国の精神文化の基層をなす最初の声が、聴き取る耳と心を待っているのではありますまいか。幾層にも幾色にも、多面的にも原理的にも、この中にある内部の声を聞くことが出来れば、それが尺度になりうるのではあるまいか。その中心軸にうごいている風土の情念こそ、この国の魂を養い育てて来たのだとわたしは思うのでした。みずからは形を持とうとはしなかったもののすべてが、ここには全部あるのではないかと。

無自覚的であればあるほど深い存在を、母とかふるさとの山川とか、海とか祖《おや》とか言うのでしょうが、このさりげないことがらは、もう少し振り返って読み解かれてもよいのではありますまいか。ほんの少し考えてみてもわたしどもは、無目的のように振舞うものたちに、哀しみの部分を受け持たせ、捨て去って来たようにおもいます。知的らしくなればなるほど人工的、技工的繊細さを外面にはつけて来て、表明されないやさしさというものを見失ってしまいました。みずからは語り出さぬものたちを、応答なしとかんちがいし、そこを通りすぎてしまったように思います。その結果、突然加乗されて見えはじめたのがたとえば水俣なのですが。

そのような存在の無名層は、原義を抱いている宗教心や、発生史的な芸術を、思いも及ばぬ深みにおいて養い育てて来た、感性のみなもとではなかったかと思われるのです。それを失えば、わたしたちの文明も枯れ果てるものを。いまわたしたちは最後のそれを失おうとしている。わたしたちの時代の手と心で殺されてゆくのを見るのは、たえがたいことです。そのような状態を表現するには学問でなくとも、ひょっとして文学、あるいは深い芸術が生まれうるならば……、より望ましいのですが。

なぜいま総合学術調査という形のものが見たいかといえば、やはり離れて眺めてみなければ、自分らのいるところの鳥瞰図が見えにくいからです。ここにあるなつかしい生きた全資料、全ての生きている遺産は確実にほろびつつあるのですから。

庶民にとって、学問や大学が手のとどかぬことどもとして感ぜられていたながい時期がありました。たぶん戦後しばらくまでの庶民には、真理というものが、この世のどこか神聖なところにある筈だという憧憬があったのではないでしょうか。いわば聖域の人として、見たことさえもない学者を眩しむ心を、人びとは持っていました。

己れを精神界の下層に位置づける自己規定は、日々の生活の苦しさから生じるのでしょうけれども、自分をつねに馬鹿だと名乗る庶民の、聖と俗の区分けの仕方がそこには見られます。世俗世界よりは高いところにあるのが学問および学者だと思い込むのは、庶民の抽象能力を語っているとわたしには思われます。なぜなら、庶民が夢みる究極の学問は、人間を救う筈だという願望がその裏付けとなっているからです。

世間知らずのとんちんかんが書物を読んでいるの図が、学者であるという漫画が成り立つのも、その謂かもしれません。

いまわたしどもの田舎にさえも、大学進学熱が昂じて来ているのを見れば、むかし真理への道であった学問は、中流志向への、第一関門となって、庶民の描くイメージとしても、かの高く深き真理は下落したと思われます。この学歴大好き社会での、あらたな、庶民の学問への親愛現象をみていれば、なにやらくすぐったい気もするのですけれど、さらなる真理は、いよいよバイオテクノロジーとやらや、核実験の霧の中に見えにくくなったのではないでしょうか。

しかしともあれ、わたしどもは、まったく好奇心の源泉といってもよいほどで、自分自身の自滅にすら、しんしんたる興味を持たずにはいられません。自分自身が、まだあらわされない学問的総合の序説であると知れば、わたしたちはたぶん慎ましくなることでしょう。学問と言いましても、表現の一形態でしょうから、わたしたちの背後にある一見無口な世界に、耳を近づければ、人類史の永遠を一瞬に表現するほどの賑わいに満ちていますす。人々のまなざしは予言そのもの、韻律そのものです。頽廃のかなしみにおいて。

いつの頃からか、ここに偏在している目として耳として、あるいは嗅覚として、わたし自身もいるのかもしれません、同じ目たちや耳たちと共に。けれども、外在するまなざしたちがどこかになければ、球体の向こう側が視えて来ません。内側からと、外側からととらえなくては視えて来ません。これはなんという欲望だろうとわたしは悩みます。

たぶんわたしは、幾度目かの蘇生をしようとしているのかもしれません。水俣へというより、序説としての現代の中に。わたしの替わりにあの人たちが、あの坐りこみから帰った後に、もう幾人死んで往ったことでしょう。わたしは死んだ人たちと、こちらの方へ来る途中にたしかにすれ違いました。あらぬことを口走る「水俣」が、わたしの中に這入って来ようとして、わたしに蹴つまずき、わたしはひっくり返り、斜視の目つきで坐っています。よしよし、とわたしは思います。するうちに今度は、不知火海沿岸一帯の実存が、着物を着ないで素裸のままでやってきてじわりと坐ったのです。膝の上に。

潮の流れを見ているアコウの老樹のような気分です。風が吹くと、鬼角の方角に向かって、自分の髪が白く光り、流れようとするのを感じます。ばさり、ばさりと、葉のようなものが自分の枝から落ちてゆきます。初夏も来ようというのに。いよいよ「おもかさま」にちかづくのだな、とわたしは思いながら、不知火海総合学術調査だなんて、先生方には、しごくオーソドックスなことかもしれないけれども、わたしの側からいえばひょっとして、自分の狂気もこのように、立ち枯れてゆくのだなあと感ぜられるのです。この静止した気持は。

わたしの中にある実感といえば、かびのような微細な芽といえども、全生命系の歴史を、進化とか淘汰とかいわれるものを含めて、その一生に体験してしまうものだという単純素朴なおどろきです。じっさい、そこに出現した一個の生命は、あらゆる時代の生物学、物理学、遺伝学、形態学、観測天文学、その他その他の最高水準とふかくかかわりあい、それをはるかに超えて存在してしまうであろうユーモアを、おもわずにはいられません。

だからこそ、生命の領域にふれようとした偉大な先人たちは、ふかい畏れなしには、自己の学問を語ることが出来なかったのでしょう。不可知論をとなえたトマス・H・ハックスリが「生命は一つの物理学的基礎をもっている」と控えめに言い、「それは原形質であるる」とただ一言つけ加えるようにし、そのあと「われわれは窮極においては無知であることを認めるのが妥当である」と言ったのは、彼が迷路の中にはいりこんでしまったのではなく、つつしみのごときを表明したのだと解釈したいのです。同じような意味でまたかのアインシュタインとても、

「生命というものを何か一般的に記述しようとすれば、多少とも詩的な意味でしか生命とは呼ばれないいろいろなものが、どうしても含まれてしまう」

と J・D・バナール氏に語らざるをえなかったのでしょう。極微の生命と汎生命世界との、ほとんどエロスに近いほどな呼吸運動を感じていると、そのような姿の変幻をえがいていることにおいて、わが「遠野物語」が、いかにその位相を深くととのえているかが読めてきます。わたしはそのことを、『椿の海の記』をほぼ書きあげる頃に感じることが出来ました。わたしにとって、それは二度目の原体験というべきでした。まるでたったひとつの感受性である自分を体験するのに、なんと四十数年をかけねばなりませんでした。最初の体験をそのようにも永くかかって終えたばかりのわたしにとって、遠野は、霧の流れゆく山奥の、父のいるところのようにも感ぜられます。ここの渚に自失していると、それが感ぜられるのです。いかなる機縁が、わたしどものまわりには経めぐっているのでしょうか。ある時は霧のようなものさえ、人膚よりはえにしがふかいのでした。

ちいさな草や樹々の芽とわたしはふたたび出逢いはじめました。ねむり草の芽にも、桐の芽にも楓にも、一つ葉にも松にも、すぎ菜草にも、人参にも。ありとあらゆる芽立つものたちに。

驚くべきことに、そのあるかなきかのひとつひとつの芽は、どんなに稚なかろうと、例外なくその親の性と形を完璧にそなえていました。どうか笑わずに読んでいただきたいのですが、じつに、楓は楓の芽らしく、一つ葉は一つ葉の芽らしく、じつに可愛らしく、自分の性をそなえているのです。わたしは例の拡大鏡を持ち出して、しげしげ観察してまわりますが、松の木が、藤の木を産んだという形には出逢いません。あまつさえ、自分自身の蕾をまぎれもなくつけていて、ちゃんと開花の時期を待っています。

こんな立派なことってあるかしらと、わたしはもう本当に感嘆いたします。目が弱いから、見わけがつかぬのではないかと思うほど、出来そこないというものがみつからないのです。まして、この地上をゆききする人間たちは。人間たちを思うなどというまい。樹と草を愛せよ、と自分に言いきかせます。潮の匂いはまだしていますかと自分に聞くのです。なんだか心配です。とても心の奥では。

穂麦はもう乳のような果肉を、まだやわらかい殻の中にたくわえはじめ、枇杷も梅も、空に浮かびあがってくる固い実を一日一日ふくらましています。開花の時期をすぎると、樹々たちはもっとも無心なあの、芳香の季節をいとなみはじめるのです。潮のふくらみも透明度を増して、春と夏のあいだの、秘奥のようなこの季節に、先生方をお招きすることが出来ないのが残念です。ときじくのかくの木の実が、自分自身の芳香によってみごもる季節に。いらしていただける時期が、いつかはきっと訪れるでしょう。そのとき先生方は、御自分の季節をまたひとつ、お持ちになれるでしょう。

蝶も蜂も人びとも、見えない気配にうながされ、光りはじめる輪郭を持って、なんだか、せっせせっせと働いていました。まるであの芳香が働かせてでもいるようです。お婆さんたちは言います。

「お茶はもう摘んだかな。八十八夜じゃなぁ、もう」

「はぁい、八十八夜じゃなぁ。もうすぐ、節句潮ばい」

「はあい、節句潮じゃなあ」

節句潮、節句浜。

陰暦三月三日過ぎの節句潮のころ、この国の環境庁長官が、不知火海を通って、獅子島という小さな小さな島にあがりました。

世帯数三百六十戸、人口千五百なにがしの、海だけに頼って生きている島。島の人びとの記憶では、お上の船がこの浦々を通ったことが三度ありました。「景行紀」の頃、不知火伝説を生ましめた舟。この舟の行宮所《あんぐうしょ》と上陸地点をめぐって、沿岸のひとびとは未だに、いにしえの貴種流離にあやかろうとして、そこは水島だ、いや芦北だ、そこはわが郷土だと主張しあい、ゆずりません。それからはるかに下って、明治十年西南役のはじまる前に、異様な外車《そとぐるま》の船、すなわち官軍とよばれるお上の船が浦々をめぐりました。島人たちは現実のいくさより先に、いくさの起きることを直感し、その先に起きるであろう災いをも読みとって逃げまどったものでした。

そして最近獅子島では、名状しがたい一日を経験したことが、波の便りでとどきました。降って湧いたような、いやほんとうに空からへリコプターが舞い降りて、横づけになった海上保安庁のお上の船もろとも、突如一瞬この島が、現代史の中に浮上したのです。

もちろん、この島へ水俣からゆききする汐の通い路は、島の人たちが太古からつけていました。その道すじは恋路島の間のチッソ排水口にも通じていたゆえに、島の未認定患者たちと水俣から通い続けた親身な世話人たちが、木の葉のような舟でゆききする道でもありました。獅子島をめぐる周囲の島々に、この情報がキャッチされたことはいうまでもありません。船の姿は島々から望見され、御所浦島からは認定申請患者たちの代表が選出されて、船賃を出しあい、お上の船にこもごも陳情すべく、いやその姿なりと、ひとめ見るべく出かけたというのです。水俣病患者と名乗り出れば、この美しい島々のすべての生活は有機水銀と共に、海に溶け去ってしまうのではないかと不安に胸ふさがれながら。

「長官な、まだ若か人じゃった」

「まだ、若うあらすけんなあ」

と老人たちは言いました。

島々はもう、この現代が連れて来た貴種に対して、まるでいにしえ、百合若か為朝《ためとも》にでもかけたような、なさけのようなものをかけ始めているのを、わたしは感じました。もちろん、病者だけが持つやさしさをもって。その前に、島の心をかくあらしめて来た、あえかにさびしいなさけのいわれから。

わたしたちはこのような島の心にゆき着ける、ほんとうの道筋を知りません。自分の中にある孤島を知らないように。渚辺で幾代も幾代も、さびしい島を抱えるようにして立っているアコウの樹に、たずねてみたいとわたしは思っています。自分がいつの日、そのような樹の心になり替わることができるかどうか。

この日獅子島の子どもたちは、大人たちの言葉になりえない胸の内を、何とはなしに感じながら、島に降り立った有史以来の大勢の珍客たちを見に、ひとりのこらず、戸外にほうけ出たということでした。

ヘリコプターが来た。ヘリコプターが来たんだぞ。太かも太か、船の来たっぞ。カメラをもう、めちゃくちゃパチパチやる都会の小父さん達が来た。たくさん、たくさん。親たちも見にいった。俺《おる》も見に行った。俺も汝《わる》も見に行った。じさまもばさまも首をさし出していた。お客さまたちの動く方角に、島の人びとの首がうごいた。渚があいうふうに賑おうたのははじめてじゃった。水俣病ちゅうことを忘れとったごたった。ただ感心しとった。

お客さまの珍しさに。帰ってゆく船たちを、飛び立つヘリコプターを、島じゅうで見送った。ため息が出たのは、晩になってからじゃった。なにかおおきな、とつけもなか忘れものをしたような気がしているのだが……。それから島は、しゅんじゅんとなった……。

川本輝夫さんがこう教えてくれました。

「もう獅子島の子どもたちがなあ、なんさま、祭でもああいう日はなかったでしょうなあ。あっちされき、こっちされきして、あれだけの子どもたちが、ぞろぞろぞろぞろ、出て来て、喜うどったそうですなあ、もう島始まって以来の、子どもの数じゃったろうなあ」

もちろん、情況論的に、ここに停止している時間について解いてみることはできるのです。けれども運動なるものが、時計の振り子のような永久運動を常にはらんでいる以上、ここでわたし自身はその振り子を止めておき、無限の時間、ミクロの時間の奥行きの中にはいってゆかねばと思います。

じっさいわたしたちの時間は止まったままか、さかのぼる時間、そこから脱出できない時間になってしまったのですから。そこを入口としなければ〝行き道〟がわからないのではないかと思いはじめるのです。うつつの目には見え、うつつの耳にはきこえて、動きつづけている振り子の裏側の、時間と時間の間にひらいている、みえないほそい入口へ這入ってゆこうかと。

見えない暗幕をかきあげ、使者たちをそこから招じ入れたいと思います。使者たちとても学者さんなどという仮の姿でやって来て、不知火海にいる人びとと入れ替わりなさいます。

漁師のおじいさんやおばあさん、死んだ人、若者や少女たち、山のあのひとたち、海のあのひとたち、川のあのひとたち、歴史の実存者たちと。まだ暖かみの残っている歴史の心音に掌をあてて、時間をゆっくりかけて巻きもどしてゆけば、ほろり、ほろりと、あのひとたちが出て来ます。丁重に、丁重にあつかわねば、あのひとたちが苦しがるから。

そのように思う合間にも、なんだか足の先から乾きがのぼってまいります。自分の中に帰って来たとはいうものの、その自分を養う力がもう乏しくなっているのをわたしは知っています。

くぐり来たった虚空の中を、木霊のような情況論、組織論、文明論とかいうものが、共同体讃美論とかいうものが、ゆるやかな大陥没の余韻のように響きあって、幾重にもきこえます。それもしかし、虚空の賑わいというものでしょう。わたしは意識の横穴にしばらく腰をおろし、沈んでいる世界にむかって、まだ潮の干満だけは、原初のままに動いている海にむかって、聴こうとします。すると花びらのくるしみのような少女たちの会話が、あの胎児性特有の発語が、唯一の暗喩のように、読み解くことのできない寓意のようにわたしをとらえます。あの少女たちの声に、たぶん導かれているにちがいないと思い当たるのです。

熊本県庁に、認定業務の促進を求めて坐り込みを続けている患者たちの中に、ひとりの若者が、魚網を持ち込んで修繕を始めたということでした。坐り込みは漁期の合間にではなく、漁期と併行して行われていました。ですから坐り込み現場はすなわち、漁場の延長でもありました。横目でちらちらと若い漁夫の手つきを眺めていた小父さん漁師が、

「どら、貸してみろ」

と手を出してきました。するとまたひとりの小父さんが、

「いや、そういうふうじゃいかん。こういうふうにしてみろ」

いううち、たちまち寄ってたかって教えようとしてくれて、

「もうあんまり、船頭の多うして困ったばい」

二十三歳のその若者は、大人になりかけの深い微笑をみせました。彼は、たぶんもう漁の出来ない年上漁師たちに、男同士の、孤独な思いやりのようなものを持っているようでした。

「もう水俣沿岸には漁師はおらんとばい。オレと、正人だけばい。オレの今の悩みはな、オレの技術ば継ぐ後継者のおらんこつじゃ」

とも語ります。

二十三歳の漁師の技術。後継者になれるはずはありませんが、折をみて尋ねておかねばと思っています。坐り込みの場所は漁場の延長とはいえ、漁そのものではありません。県庁などという無人格な建物の中で、船の上にいるのとは、まるでちがう無聊に襲われている先輩漁師たちの寂しさが、網を持ち込んだ彼にはひとしおわかるのでしょう。その寂寥

はまた、両親も死んだおじいさんも漁師であり、一家のこらず自分を含めて患者である彼のものでもあるでしょう。大人たちがたどり、自分たちがひきうけねばならぬ水俣病の全史、地域がたどって来た歴史を、自分の方からたぐり寄せようと彼は苦闘しています。そのような彼に、風化するばかりの地上の風が吹きます。彼らの心は、海の底に切り落とされた錨です。その錘のついた魂は、沈みっぱなしです。地上の声に合わせて、怒号しているかにみえる川本輝夫の心の骨が、どんどん、どんどん痩せてゆきます。彼らが笑ってみせるとき、その目尻から、やさしい涙が、おどけ出るのをわたしは見ます。

わたしには、せっぱつまって進退きわまれば、命とひきかえにしますから、神さま、これこれのことをさせて下さい、とまことに軽々しく安易に願かけをする習性があります。神風連《じんぷうれん》の林桜園先生の「うけひ」にくらべ、たちが悪いのではないかと思うのですが、これこれのことをさせて下さらなかったらもう死なせて下さい、さあ早く、死なせて下さいと、神さまに脅迫がましい願かけをするのです。まるで神さまが悪いのだぞといわんばかりに。そのかわり、わたしはかくかくのことをいたします。必ず命とひき替えにいたしますと誓うのです。

神さまだって御都合がおありだから、そうそうこちらの願いを聞いてばかりもいらっしゃれまいと支度をするところへ、不思議やこれまで、使者たちがあらわれるのでした。あの世の人たちの群となってあらわれたり、熊本の、水俣病を告発する会となってあらわれたり、狐の子になって来てくれたり、土の中に身籠っているみみずの声であったり、彼方の空から降ってくる雪の匂いであったりしました。

この度もまた、使者たちがあらわれて下さったなあと、瞬き見るような思いです。これはいつの時代の人びとなんだろうと。

不知火海総合学術調査団、なるべく世界感のある名称と、そのような内容だといいですね、ええほんとうにそうしましょう。最初のお願いのとき色川大吉先生におめにかかり、期せずして口から出たことばでした。それはたぶん羞かみから、自分らの卑小さを表わそうとして言い合ったのだとおもいます。調査団なんて、わくを作ろうとしたとたん、それにはまりそうな滑稽さに照れておりました。

いまは昔日の面影もない大崎ヶ鼻の突端と、もと大廻《うまわ》りの塘《とも》の上の、チッソ八幡プール水銀廃棄物の大堆積の上でのことでした。ここの上に立って海に向くとき、錯乱することなしに背後の水俣を振り返ることができません。

あれはなんの風だったのでしょうか。裾がちいさくはためき、足元にあらわれようとする亀裂を見つめていました。ラジウム色にほの光る、お伽話をつくり出すような気持で。


（「潮」一九七七年七月号）

V 死んだ妣《はは》たちが唄う歌

——随筆

彼岸へ

母が胃癌の手術を受けてから、丸四年経った。

わたしよりも躰が大きくて、若いときの写真をみると、じつになんともあどけない。八十六歳になったが、寝顔をみれば今なおその面影がのこっている。自分の親のことをこんなふうに書くのも、余命いくばくもない日々となったからである。

もちろん母には、癌であることは知らせなかった。手術を受けたとき、すでにリンパ腺という箇所にも転移していて、いかんともなしがたい、と主治医の先生がおっしゃった。子どもらにとって、ほんとうに青天の霹靂《へきれき》だった。

時々、胃のあたりが痛いということがあったが、食は進む方だったから、アロエをかじれば、などと言って一緒にかじり、どういうわけだか、それで治ったりしていた。あるとき発作がおさまらなくて、かかりつけの女医さんに診ていただいたら、これはいけない、心臓ですとおっしゃる。

甘いもの好きを少しやめさせれば治る、とみなして思いこんだ。本人もびっくりしたらしく、若い時はあんこ餅を一日に八、九箇も食べていたのを慎しんで、ご指示どおり、専門の病院に入院した。

書きものを抱えている長女のわたしより、妹夫婦の献身的な看護で、母は退院できた。ほっとしていたら、妹から仕事先に電話が入った。息をつまらせた声だった。

治り方をみるため、精密検査をして下さった女医さんが、九十パーセント、癌と思える影が、胃の入り口に写っているから、知らせよとおっしゃっている、というのだった。驚愕し、度を失って、その先生に電話した。橋本憲三先生の主治医でもあった方で、文学上の友人でもある。

「心臓の方はですね、治っていますよ」

治っている、とおっしゃる口調には驚きがこもっていた。そのおっしゃり方からすれば、心臓もだいぶ悪かったにちがいない。それは治せたのに、癌が居座っていたのである。

手術をしなければ、あと半年の命、といわれた。

手術をしにゆく朝、母は、便所の掃除をし、庭の畑に立って、にが瓜と、紫豆の蔓垣をばりばり引き剝いだ。植木に豆の蔓が這い、それが枯れかけていたのが気がかりだったとみえる。

「こりゃ、見苦しかねえ」

と呟きながら立って見まわしていたが、なにをまなこに入れ、なにを思っていたことだろう。

とても半年しかない命とはみえなかった。例年にない酷暑だったので、そのせいで、肩のあたりがうすくなったかと話しあっていたりしたのである。

家を出る時、少額の貯金通帳と、小銭を集めた信玄袋をわたしに渡した。

「万が一の時は」

と言いかけて、語尾がふるえた。

わたしたちは癌を隠し通した。躰の大きさに似ず臆病者で、若い時からカミナリさまが怖く、夜というものをことにも怖がった。そういう人間に、癌などといえたものではない。胃のただれをほんの少し、「こさいでもろうただけ」、と説明した。母は希望を持ち、なんでも喜んで食べ、いろいろ日常のことを指図し続けた。

だんだん衰弱してからは、指図をすることだけが、母の仕事になった。五年目に入った今年の三月ごろから、何ごとかを観念したらしい。しきりに、わたしと妹の名を呼んで、そばに居るかとたしかめるようになった。それから敬語でうわ言をいうようになった。

「お妙さん、お妙さん、そばにひっついて、寝とってくださいませんか」

「弘しゃん、すみませんが、道子さんば、呼んできて下さいませんでしょうか」

それまでは、たえこぉ、みちこぉだった。心の底を考えると、まことにあわれである。

ここ十日ばかり、言うことの脈絡がわからない。しかし今夜のはわかった。熊本、三船川の名橋、眼鏡橋流出のニュースをテレビが伝えていたのが耳に入ったらしい。何かしきりに言おうとする。

「あのね、あのね、つないでくれんかね、あっち岸からね、こっち岸に、ちゃんとつないで、ね、つないでくれんかね、人たちの困っとらすけん……渡らんばならんでね」

母の父と、その夫は船をまわし、道路をつくる人だった。わたしが生まれた頃は、白米一俵が二日でなくなるような家業だったという。それは、人と人とをつなぐ、という仕事だった。

水俣病を支援に来た、のべ幾百という人々を廃屋同様の家に泊め、昔の勢いで、ご飯をふるまってくれていた。彼岸と此岸に架ける橋のことを、言っているのかもしれない。

母は字を読まず、もちろんこの新聞も目にすることはない。一生バカのふりをし通したが、その心底を、わたしは充分くみ取っている。

（「西日本新聞」一九八八年五月一七日）

「死」を想う

いま、余命いくばくもない母につきそう日々である。仕事を全部ほったらかして、昔そうしてもらったように添い寝してやりたいが、思うにまかせない。

三年半ほど前、胃癌を発見されたとき、切除しなければあと半年の命だといわれ、度を失った。八十六歳になっているが、幼いとき、日暮れの野道で後追いをして、遠くなる姿に向かって、足ずりをしながら追っかけていた頃の気持ちがどっとふきあげた。

一見おっとりにっこりしているが、自分中心の強情をもおし隠していて、いったんそれをあらわしはじめると、どうにもこうにも辟易する性格でもあったが、すっかりどうでもよくなった。はるの、という名で、名の真実のような、うらうらとあどけないところがあった。そういう面ばかりにとり包まれていたような気になってしまった。

病気になる前は、あまりのエゴイズムにあきれはてることがしばしばあったことなど、吹っ飛んで、ただただ母に置いてゆかれる子の、途方に暮れる気持ちがつのった。

父のときはそうではなかった。

覚悟の深い人だった。老人性結核の喘息だったけれど、水俣騒ぎの初期の頃で、病院代もつくり出せないまま、死なれてしまった。

「嫁にやった娘に援けてもらうほど、落ちぶれちゃあおらんぞ」

などと、病みかがまった蟷螂さながらの気息の底から言っていた。そのような病床で、死ぬ日も朝から焼酎を生で一合ほどは飲んだろうか。

いつものように激しい喘鳴におそわれて、背中をさすっていると、ふっと、やすらかになって息が絶えた。いつもという日常の裏側には、死が寄り添っていたのかと、そのときおもったことだった。激しい気性だったが、からんとしたような終わり方だった。

父の死の実感は年々じっくりやって来る。二十年も経った今では、その生死はほんとうにひとつになって、ひとりの人間が生きたという意味がほんの少し、自分の血肉になりかけた。

弟は、汽車に轢かれて死に、兄は沖縄で戦死。祖父を看取り、狂女であった祖母を看取った。歌よみの親友二人は服毒自殺をとげた。水俣の患者らがおびただしく死に、それは今も続き、痛恨ならざるは一人もいない。

そしていま、死にゆく母の日々がこたえている。そばに居ても、わたしと妹の名を哀切な声で日に幾十度呼ぶことか。若い頃から、便所にゆくのに怖がって、子どもを起こすほどの臆病者だった。癌などといえたものではない。

希望を持って療養していたけれども、末期になって、観念したらしい。誰彼に、あとをよろしく頼むと言いはじめた。どんなに心細く、追いつめられた果てのことだろう。

「まあ、まだまだ、達者になんなはらんば小母さん。外は花もいろいろ咲いとりますけん、ゆきまっしょ、花見に、達者になってなあ」

などと言われると、笑顔をつくって礼をいう。幻覚が生じているらしいが、時々はっきりする。昨夜はこう言った。

「もう今まで苦労したけん、これから先は、楽になろうごたる」

死んで楽になりたいという意味でもなさそうに聞こえた。狂女を母に持って来た人だし、長女のわたしがいろいろ抱えこみすぎているのを、とても気にかけてくれている。

「もう今は楽になったのとちがうと。おいしかものはみんなが食べさせるし、雨もりはせんし」

とわたしは言った。

「うん……。雨もりはせんが、今もいろいろ、苦労しよっとぞ、誰にも言わんで」

なるほど、とおもう。訊きただしてみると、家人たちとの間で、気持ちの齟齬がだいぶん溜まっているらしい。人間苦というのを今さらながらおもった。なんとか幸せな気分にしてやって、あの世に送らねばと、家人たちに頼んだ。

今年の正月ごろまで、ひょいと起き上がることがあり、仕事場に出かけるわたしに、遮二無二おおきなおにぎりを「途中でひもじか目にあわんように」といいながら、海苔に包んで持たせてくれていた。しいて断らず、これが最後と思い思い作ってもらっていた。

死者たちからわたしどもが受けとることの大部分は、生きていた間の、どうしようもない異和感と断念のようにおもえる。それらを包みこんだ生命の光の中で、生きているようにおもえる。

若い時はそのような現世の深さに気づかなかった。

死ぬのになんの覚悟もない。今日を大切にとは思うが、それも毎日やりそこなってばかりいる。

（「アサヒグラフ」一九八八年六月二四日号）

香華

亡き母を慕いながら病院のベッドで眠り、母にもの言いながら目がさめる。ついこの間まで、手の皺も、うすくなった乳房の下の黒子のあたりも暖かく、ものいう声も微妙に愛らしかったのに、骨になってしまった。火葬にしなければひょっとして、生き返ったのでは、などと思って胸がつまる。

家族らを五人死なせ、心通わせていた歌人たちの自殺にも耐え、水俣の被災者らのむごい死を多く見送ってきた。この世の風は無常と知っていたつもりなのに、母の死がこれほどこたえるとは思いもよらなかった。生きることの悲しみを、母に支えられていたのかと思い知る日々である。

花をみてもお茶をのんでも、病院の方々の特別の善意も、今はすっぽり自分の中に居る母に語って聞かせる。本は読めなかったが、わたしの心と仕事の、もっとも深い理解者だった。

小学二年生の時だった。友達があらぬ濡れ衣をきせて意地悪をした。わたしは地団駄を踏んで泣きじゃくり、それが止まらずに、村の草地でひきつけを起してしまった。人だかりがして、どこの子だという声が聞える。

使いが行ったとみえ、日暮れごろに母がかけつけてきた。地面でひくひく痙攣しているのを抱きあげながら母が言った。

——どげんしたか、何ばしたか。ああこげんなるちゃあ、よっぽどんこっじゃ。どうしたこつか。何のありましたっでしょか。

わたしは自分の声がきっと母にとどいて、助けに来てくれると信じていた。聞える近さではなかったが、念波のようなもので来てくれると思いこんでいた。走って帰って訴えれば、十分くらいの距離だったろうか。

理不尽な言いがかりをはねのけたいのに言葉がうまく出てこない。親に言いつけにゆくというのは、フェアではない気がした。

母の声で人垣が割れる気配を感じたときの、救われた感じを忘れない。全身の痺れがみるみる溶け去った。その胸と腕の、無限の仏性をいま思う。

近くのポストに、夕暮れ道を原稿出しに行ったりする。するとふいに、遠いかの日の、泣きじゃっくりの衝動がこみあげてきて、自分の手を見たりする。母の手に似て来たから。

文学というものはこの世との異和や汚辱の沼の中から、幻花をつくり出す仕事である。

その辛さを、母が黙ってわかってくれていた。最後の言葉は、きれいなかぼそい、震えをおびた声だった。

「ごめんねえ、道子、ごめんねえ」

続けて、なむあみだぶつ、なむあみだぶつと唱えた。生きて加勢をしてやりたいが、ごめんねえ。生活の苦労もかけたねえという意味だったろう。元気な頃、わたしを訪ねてくる人たちを全部まかなってくれていた。のべ千人近いのではないだろうか。

癌の手術をした後、病床暮しになってからは、深夜帰って夜明けまで資料切り抜きなどしているところに、いざり寄って来ていうのだった。

「ほんにほんに、寝もせずに。どら、鋏ばかしなはる。赤エンピツのところば切るとじゃろ」

母を寝せるため仕事をやめると、あくる日、ひどく真剣な、嬉しそうな声で、大きな菓子箱を差し出した。新聞の切り抜きが入っていた。

「赤エンピツのところば、切っといたばい。大事なもんじゃろ」

みれば、必要な記事の外側の、赤エンピツの跡が残っているというだけのものも、大切に箱に入れてある。ひらがなとカタカナは読めたが、漢字を知らなかった。溜息をついてよく嘆いた。

「ほんに馬鹿じゃったねえ、親は学校はどこまでも出すちいいおったて。学校好かずに。

字ぃばちゃんと覚えとれば、何でもかんでも読んで揃えて、加勢できたてねえ」

　不要な方の、切り抜きの切れはしをそっと取りのぞきながら、わたしは百万力の助手がついていると思っていた。

　母が九つか十の頃にその女親は気がふれた。人目につきすぎる狂母にたいして、自分の方が親にならなければと思って来たのだと、死ぬ一週間くらい前にうちあけた。

「気の間違うとったおっかさまじゃったで、自分が親のごたる気持じゃった」

　思えばその祖母を探すのが、幼いわたしの仕事でもあった。子の方が、親のような気持だったとは死ぬ直前まで知らなかった。母が、娘たちにも言わないで胸の中にのみ込んで、あの世に持って往った万感の思いは、文学の核でもある。

　寝たきりになってからも、「はい」というだけの優しい声で、ごうまんな人間とも応待していたことを数々思い出す。人の悪口をいうものではないとかねがね言い、身をもって示した親だった。

　出来上った本を見せると仏壇に供えて喜んだが、深い吐息もついた。

「十五年もかかって一冊ちゅうはまあ、百姓より割に合わんが、躰は無しにして。人は一代名は末代ち、松太郎さんの口癖じゃったがねえ。むつかしか本ば、読んで下はる人方のおんなるちゅうは、有難う思わんばねえ」

　松太郎とは母の父である。

悲母観音のような死顔の写真を枕辺におき、香をたきながら書いている。

(「熊本日日新聞」一九八八年七月二〇日)

死んだ妣《はは》たちが唄う歌

母が死んでからみるみる痩せ、手足がしびれ、胸苦しくて歩けなくなった。人一倍さみしがりやだったが、冥途へゆくのにさぞ心細かろう。おんぶしてゆかねばならなかったのになあ、と背中にむけて語り語り、夜になると歩きまわっていた。死ぬ前の母は五十六キロで、わたしよりも重かった。

不義理を重ねている原稿にとりかかるべく、主治医の永田虔二先生に体調を相談したら、ストレスが重なってのことでしょうが、脳もこのさい診ていただきましょう、ご心配いりません、念のためですから、とおっしゃる。

いわれて考えた。こんなに深刻癖があるのは、アタマがもともとおかしいのではないか。そこで病状のさまざまをどんどん考えついて、遺言やら辞世の句や歌までつくり、死ぬまでには名作をものしそうな気にさえなった。

四十九日忌の供養に一時退院させてもらい、脳外科に診ていただく暁方、祖母と母が夢に出て来てくれた。その夢の、深い意味を考えながら無事検査を終えた。

中世都市らしい大路小路の近郊にお宮がみえる。椋の木や楓の若葉隠れに屋根は苔むしていて、参詣人がぱらぱらみえる。一遍上人絵図に出てくるような人々。中にボロをまとい髪を藁でくくり上げた少年が、片手で馬をひきながら一心に祈っている。

薄暗い堂内の絵馬によると、祭神は昔この場所で処刑された若い女性で、日本刑罰史上類のない惨酷な殺され方をしたが、息絶えるまでに、あまりに凜然として凄絶な最期であったので、手を下した者らも見物人たちもふるえあがり、神にして祀ったと書いてある。

手足も耳も目も取り去られ、一寸刻みになる直前の光景。虚空を突き抜けて、神も衿を正すような彼女の長く尾を引く一声。樹々さえもその時、梢の先々までふるえていた。ルーレット様のひき肉器にかけられた彼女の肉片をお膳に乗せ、儀式のようにお宮の横の小川に撒く小役人たち。恐怖のため目の玉が飛び出ている群衆の貧しい身なり。

場面はすぐに水俣八幡宮の境内になり、雨上りでしっとりした地面を川土手からみている。現代ではなく、そこは隼人族の族長の屋敷跡で、それを示す木碑が、楠の巨木の根元に立てられている。雄渾な墨跡が彫りこまれているが、かすれていて読みとりにくい。

煙の匂いがしてきて、ほろぼされた族長の、またしても最期の場面。今の拝殿のあるあたり、どういう訳だか、鰯たちを三尺ばかりも積み上げた上に、串ざしにされた族長が火あぶりにされている。やはりその屍もそばの小川にふり撒かれて川と海の魚たちに供される。小川の縁の草がふるえている。

生命の輪廻とはいっても、これは極相をみたものだ。山椒太夫を書くとき、森鷗外でさえもこんな場面はさけたのにと思っていると、左の方から光が一面に広がり情景は緑の残った黄金色の稲田になった。

早い田は刈られていて人はいないがただ一人、狂女であった祖母が、杖の先で刈り跡をさぐりさぐり逍遥している。

ああ祖母はあんなむごい人群れの中にはいりこまないでよかった。誰の邪魔にもならない、こんなひろびろと光の広がる安全な場所を、盲目なのによく見つけ出していたものだとほっとして、声をかけながらそばにゆく。

「こげんよか所に、いつも来よったとなあ」

「うん、稲のなあ、よか香りじゃあ」

しゃがれた優しい声に胸がつまり、よしよし、おんぶして帰ろうと思い、今も工業高校の横に残っている田の道まで手をひいて、背負帯をとり出し、祖母の背中にまわして抱き寄せたら、祖母は裸の赤んぼになっている。

裸の背中だから寒かろうと思い、モスリンの花模様の帯の皺をのばしにかかった。背中ぜんぶは包めないので掌でぬくめ、お腹の方へ返してぬくめようと抱き直したら、わたしを見上げたその顔は、死ぬ四、五日前の母だった。

二十一歳のときの写真があるがじつにあどけない。死ぬ三ヵ月ばかり前から、そのあどけなさに加えて、なんともいえぬ深みと真剣さと、天上的としかいえない光を目に宿していて、はっと見入ることがあったけれど、その眸の光でわたしをみつめ、低い、単調な節で唄をうたいはじめた。

ご詠歌でもなく、好きだった筑前琵琶の石童丸でもなく、梵字の経典よりももっと古い時代の節と、短い歌詞だった。その声の深さで、人間を超えた永遠というものを唄っているらしいとはわかるが、とても古い言葉だからはっきりとはわからない。

抱いている躰が痛がらないよう、いつまでも唄ってくれるよう、草の上に坐っていた。唄の合間に稲がさやさや鳴り、あたりは寥々とさびしく、しかし荘厳されて、母と祖母へのいとおしさで、胸がしめつけられた。

ややはなれた所に黒い学生服の若者が、母と祖母を背負うのを、手伝いたげに立っていたが未知の顔だった。

唄の意味をこれから書けと、二人が、いや、死んだ妣《はは》たちが教えたのだとおもっている。

(「熊本日日新聞」一九八八年八月二四日)

「切腹いたしやす」

この五月に母が永眠した。八十六だった。

葬儀を終え、ともかく睡らねばと、夜明け方睡眠薬をアロエ酒でのんで横になった。短いあいだ、深い睡りに落ちたようだった。ほどなく、躰の中芯部からよじりあげ、突きあげてくる絶叫に愕いて飛びおきた。夢は伴っていず、ただ声だけが出てくるのは、睡りの中で意識していた。

隣にいて、つききりで躰をさすってくれていた人も飛びおきた。母の最期までの幾夜を、わたしと共に添い伏してくれた人である。半身を起して手をついたまま顔を見合わせ、瞬きしあうだけだった。

癌の痛みの凄絶さは聞いてはいたが、手術をしたあとの四年近く、再発し、弱り果てている体力にとりついたすさまじい激痛は、痛み止めの薬では効かない時間がある。時計の針の廻るように、寝床の上をもがきながら廻る母に、彼女もわたしもぐるぐるついてまわりながら看護した。

「ああ、魂切《たまが》った。何という声じゃったろう、聞いたでしょう」

躰も掌も大きい彼女は、片手でシーツを摑み寄せながら坐り直した。

「びっくりしたぁ。もう、魂のふっ飛んだよう。この世の者《もん》の声じゃなかったよう」

息をついて二、三度、びっくりしたようといい、わたしの顔を見つめた。この人一種の放浪者で、水俣の患者さんらを按摩してまわっているが、背中にさわってみると板のようになっていて、四十近いのに、焼けこげの跡も生々しいお灸を、手足のどこそこにいつもつけている。誰も彼女を治療できないので、自分で灸を据えているのである。

あっけにとられるほど喧嘩早く、患者さんの家といっても、二度と出入りするなといわれる所もあると自分でいうので、彼女なりの選択があって、わたしの所にもくるらしい。振り分けに担いでいる荷袋が常に二つあり、それを下しながら上って来ていうには、

「今夜は、ここに泊っと」

野仏さまが笑われるような顔なものだから、ご光来をわが家では待っている。わたしの発作が出た夜、身内の一人に対してこの人が暴発し、大騒動になった。なだめながら、荒ぶる神というものかと、わたしは思っていた。

睡りに入る前、彼女が聞かせてくれた生い立ちの、詩品の高い民話のような語り口に慰撫されて、わたしも父を語った。

昭和六年陸軍大演習が熊本六師団を中心に行われ、チッソ工場に天皇の行幸があった。

町内の「挙動不審者、精神異常者」はチッソ対岸の無人島に隔離すべしという達しが、わが家にも来た。祖母は盲目の狂女だった。着物という着物は引き裂いてしまい、はたきのように垂れ下がった腰巻の間から、子宮筋腫が露出していた。青竹の杖を曳きながらはだしでさまよい歩く。片方の足は大きく腫れあがり、象皮病（フィラリヤ）になっていた。母と孫のわたしがさし出す食事以外は食べない。毒が入っていると思っていた。

家は行幸の道順から外れていた。島送りにするのは容赦願いたい旨、父が申し出たようだった。威圧がましいサーベルの音とともに警察署長が部下二人とやって来た。お達しに背くようであれば、縄をかけて連行する、というのである。

父は家族らを後に侍らせ、署長らの前に端坐し、頭《こうべ》を垂れてお達しをきき直した。ややあって、呼吸も乱れぬ低い声で、こう言った。

「お達しは、陛下さまのお心でござすか」

「陛下さまのお心かは知らんが、日本臣民ならば、不敬罪ちゅうは知っとろう」

「わかりやした。わしゃ、天草の水呑み百姓の伜で、兵隊検査にゃ見かけ通り、算盤玉と違わぬ肋骨で丙種でござした。一代の恥辱と思うとりやす。しかしながら、精神は、誰にも負けん、陛下の赤子《せきし》でござす。俺家の盲さま、この盲のご病人さまに、縄かけて、しゃりむりそびいて行かるちゅうならば、わかりやした……。しかしその前に」

父は顔を上げ、窪んだ目で署長の目をみつめた。

「その前に、ようござすか署長。わしゃ、人の子として、罪人でもなか親を、しかも並に外れてあわれな親さまをば、わが手で押しやって、縄をかけさせるとなれば署長、子として申し訳なか。たったいまここで切腹いたしやす」

やせた躰をひきずるように、父はにじり寄った。

「たったいまここで、陛下の赤子として、親を縛る人間として割腹いたしやす。署長、あんたの腰のそのサーベル、いやその牛蒡剣《ごんぼけん》、牛蒡剣をば貸して下っせ。介錯は、お前さまの役目ぞ。介錯ばしきるか、その牛蒡剣で」

そう言いながら二た膝ばかりいざり寄ると、署長のサーベルの柄に、いきなり手をかけた。署長は飛び下がり、父の手を押さえた。

困惑しきった顔になった署長は、行幸の前日を血で汚すことになればことにも不敬、自分らの科《とが》にもなる。そこまで言われては、特例中の特例として責任を持つので、家族親族らは、ばばさまを外に出さぬよう、謹慎してくれるよう頼む、ということになった。

その日わが家の戸口に外から打ちつけられた、斜め十字の青竹の釘の音は印象的だった。

父は養子で、祖母は母の親だった。水俣の問題にかかわりはじめの頃父は死んだ。

「お前は昔なら、獄門晒し首ぞ。女《おなご》のくせにそういう事を書くのなら、覚悟してせえ」

お芝居のせりふみたいな遺言だこと、と微笑んでみたりする。

現世は劇そのものだが、せり上る舞台の上のことだったとおもう。数えの四つだったわたしもその中の、無言の一員だった。

父の心を受け継いでゆこうと思っているわたしを、もっとも理解していたのは、文盲の母だった。

その母が死んで、出郷もできない、もの書きの家の葬儀というので、好奇心が集中した。仕事場の熊本の寺から総員来て下さった。とんでもない金を積んだらしいという噂が葬儀の夜には聞えて来た。べつに珍しいことではない。啄木も犀星も、高群逸枝もそのような故郷から出郷したのである。

狂女の言葉で書きたく思うが、おんおんと尾をひいて出た自分の声の発作は、何語にも書けない。


（「群像」一九八八年七月号）

芒野

明け方近く、空がその高みからいきなり裂けはじけるような音がして、すわ原発か、水爆ではと、一瞬観念するような雷鳴がこの頃よくやってくる。

ごうごうと残響を広げて、消えるのを聞きながら、ほんとうにその日がくるときは、ものみな未明の夢を結んでいるこんな時刻の上空で、爆《は》じけるのではないかと思ってしまう。

なにか非常に虚無的ながら、わずかな安堵感もある。母がもうこの世にいないからである。生きていればこんな異様な雷さまをどんなに怖ろしがることか。しばらく時間をおいてまた、ずっしーんと火柱が立つように鳴り、閃光の中に遠い峰々が浮きあがった。一閃、また一閃。

まなうらに九重連山の芒野《すすきの》が浮き上る。未明の闇に沈んでいた大高原の花芒が、嫋々《じょうじょう》と浮き上る。稲妻の残照の芒のかげに母がいて、こちらを向いた。死ぬ前のあの、世にも美しくなった表情がさらに深くなって、笑みかけてくる。白髪のお河童になって、花芒の中にまじっているのである。

雷さまも稲妻ももう、自分の世界のものにしてしまった顔にみえる。彼岸の人になって、沈々と浄化されて、まっすぐわたしの心に帰って来たのだと思うと泪がにじみ出る。

「はるのさん」と声に出して呼ぶ。

親であるくせ、産み育てたどの子よりもいちばん、雷鳴をこわがって、遠い雷さまでも蚊帳を吊り、お仏壇に線香をあげては拝んでいた。

娘たちより躰もおおきく色白で、ふっくらしている母が、線香片手にお念仏をとなえている姿を、わたしたちはよくからかった。そのたんびに母は、息をひそめてこういうのだった。

「──あんねぇ、雷さまば、けして馬鹿にしちゃあならんと」

言い方はいかにもおとなしかったが、当惑したような真面目な表情からは、なんとかして、その危険性を子供らに教えようと思っているのがうかがえた。しかしその前に自分の方がちぢみ上っているのが可愛いらしかった。

ついでにいえばこの人は、夜というものが特別怖い人だった。むかし前庭の端に厠があった頃、自分が外に出るのが怖いものだから、子供らを起して連れてゆくのである。父が横から子供らに言いそえる。

「ほらほら、はっと目え醒ませ。そしてはるのさんをば、便所に連れてゆき申せ」

うふうん、というような声を出して、母は目の開かない子らにとも、父にともなくいうのだ。

「小便布団になれば、どもこもならんもんねえ、ゆこゆこ、早う」

今は家が建てこんでしまった界隈も、昔は田んぼがひろがり、その先は川口の土手で、町の外れの避病院があり、そのまた外れの火葬場に通う、隠亡《おんぼう》さんの芒道だった。剛毅な隠亡さんは、自分の焼いた死人さんの人魂を、提灯のかわりに連れて、人っ子ひとり通らぬ夜中のうしみつ時を、ゆききしよらす、という話だった。

母は天草の村で小さい頃、赤い人魂をみたそうである。あんまり怖かったので親にもいえずにいたが、人魂のあがった家のおばあさんが死なれたから、人が死ぬ前後「人魂になって飛ぶちゅうは、ほんなこつ」と話したことがある。夜は、どんな用事が出来ようとも、外に出なかった。

そんなとくべつの怖がりが、こともあろうに稲妻にあぶり出されて、あのさびしい久住高原の未明近くにいるとは、仏さまとご一緒なのにちがいない。

じつは思い当ることがある。

死ぬ前年の今頃、わたしはさる出版社の人々との打合せで、阿蘇の宿にいて、九重方面に往きかけていた。

すると世話になっている寺の青年から知らせが来ていうには、母がお寺に電話をしてきたのだと。いつにないことなのでその場で水俣に電話した。電話はどこに行っても日に二度か三度必ずかけて、話を交わしていた。声がひどく哀切で、せっぱつまっている。何かあったにちがいない。

「なんさま、早う帰って来てくれんね」

哀願するようなので胸がつまり、母も知っているメンバアに、余命いくばくもないことを言って、電話口に出ていただいた。母は、「道子をくれぐれもお願いします」と言ったそうである。

たぶんその頃、先のない命であるのを自覚していたのかもしれなかった。いろいろ口に出さぬ人だったが、この頃から沈んだ表情が、なんともいえず真剣で、深々と美しくなった。何を考えていたのだろうか。出かけると、電話で追っかけてくるようになった。留守の間に訴えたかったことの数々を思う。

人生とは、語らない、語れないことの方に真実があると、母を死なせてからとくに思うようになった。

稲妻に浮く芒野に悲母います

（「朝日新聞」一九八九年九月二九日）

心のふるさと

最初に海を渡って天草に往ったのは、まだ両親が生きていた頃で、ご先祖の墓に詣で、お骨を掘り起してきたときだった。

もの心ついた頃から、親類縁者も、徒弟奉公にくる若い衆たちも、加勢の女衆たちも、まわりはほとんど天草弁を使う人たちだった。子ども心にその言葉のひびきは、近所の水俣弁とあきらかに異なっており、独得の抑揚がのびやかに古風で、牧歌という言葉はもちろん知らなかったが、後年想えばそれは牧歌の原型だった。

父も祖父も、家の歳事を非常に大切にする人だったので、そのときごとに祖父の姉妹に当る大叔母たちが天草からやってくる。切り下げ髪にしたこの人たちのたたずまいと言葉遣いがじつにものやわらかく、みやびやかだった。姉妹なのにお互い、さまをつけて呼びあうのである。

湯の沸いている長火鉢のまわりにくつろいで、一番姉のばばさまが、末妹のばばさまに、

「お澄さまなあ、お前さま乳欠《ちちか》け歯しとって、ようまあ、そのように固か金米糖をば、こつこつ、噛み当つるなぁ。また夜中に医者さまにゆくちいわいても、あそこの医者さまも、たいがいこの頃、目の遠うにあらすちゅう話ばえ」

などとやんわりいうのである。すると妹ばばさまの方は、お歯黒で染めたその乳欠け歯を、あわててお被布の袖口でおおい、じつに羞かしそうに胸を折って、くっくっと笑みくずれるのだった。

するとで出来上ったコヨリをぴんと立てながら、中のばばさまが、とぼけたのんびりした声をかける。

「ほんに、どがんするかえ。いとしゃが（それでなくても）、目の遠うならした医者さまの寝ぼけ目で、よか方の歯でも抜かいましてみろ。ぶえんの刺身もたたいて啜りこまんばならんばえ」

乳欠け歯とは乳歯の生え替るときの虫歯をいうのだろうが、このお澄さまの口許がほころぶと、いかにも小さな前歯のお歯黒がはげかかってみえたりして、それが幼なげで愛らしいのだった。三人とも七十前後だったろう。

末妹の方はわが家の近所に隠居屋をつくってもらって住んでいた。息子は仕立屋をしていた。衿のハ刺しをした出来かけの背広を着せられたボディが、いくつも並んでいるのがもの珍らしかった。どこで修業したのだったろう。昭和初年の頃である。

こういうたたずまいを持った老女を今はみることはない。婆さまになっても、上は長姉らしく威厳にみちて凛としており、末の妹は口をおおう手つきさえあどけなかった。

お澄さまはひとりでいるとき、青貝の象嵌で梅の花びらなどをほどこした黒塗りの姫鏡台に向かって、珊瑚の丸い簪《かんざし》や鼈甲《べっこう》の平打ち簪を挿したり抜いたりしながら、切り下げ髪のうなじを右にかしげ左にかしげするのだが、たぶんその簪は、髷を結っていたときのものだったので、具合をみるだけで満足するのだろう、小さな引き出しにおさめかけて、しげしげ見あげているわたしに気づくと、にわかに羞かしげな表情で、にっこりうなずきかけてくるのである。

「お前さまも、挿してみるかえ」

そして、珊瑚の珠の簪を真似だけちょっと髪にかざしてくれる。それから必ずこういうのだった。

「これはな、わたしのばばさまが下さいたお形見じゃけん、ちょっとだけな。おう、愛らしさ」

愛らしさを言い終るやいなや、ふたたび、桜の押し葉色のような透けた紙にくるくるしまいこんでしまう。曇った姫鏡台の奥に、赤い珊瑚玉の動きがちらりとみえただけで、幼いお河童に似合ったか似合わなかったか、あれよと思う間に、何かがゆくえふめいになるのだった。わたしは四つか五つだったろう。

お澄ばばさまの、そのまたばばさまとはどういうお人だったろう。わたしからさかのぼって数えれば、四代も上の人である。もの心つき始めのいっとう最初に、わたしの胸を占めていた天草とは、そういうばばさまたちのかもす世界だった。あいあいとして優婉、この世に平和というものがあるならば、ああいう人びとのいる世界であったろう。

八幡さまの祭のとき、盆正月、供養ごとの度、この一族は舟を仕立ててやって来た。祭というのでおしゃれしていたのか、横向きの小さな髷の形だの、藤紫の半衿の模様だのがまぶたに残っている。

お墓を掘ってもらいに行ったとき、初めて本渡ゆきの舟に乗った。栖本の沖で小舟に移って入江にはいってゆく。海岸線はまだ風趣に富んだ石垣や磯の岩で、戸の崎という付近に揚った。近づくにつれ、海辺の暮しのさまざまが、波にゆったり揺れるこちらの目線にまざり合いながらひろがって、椿だの、古いお茶の木だの、アコウの木だのの間にみえてくる玉のような入江に、まだ見ぬ村の景色が映り出て、たちまち眼が泪でかき曇ったことをおぼえている。

（「熊本日日新聞」一九九二年一〇月一五日）

著者から読者へ

早苗のあいだの空

石牟礼道子

ひとりではない気がしています。

すくなくとも、人間を単位にしていうひとりではなさそうです。今まで、自分のことを人間とばかり思っていましたけれど、なりそこないに気づいてどっと疲れ、やめたやめたと倒れこんでしまいました。ではわたしは今、何のつもりでいるのでしょうか。

海に近い森の下蔭の大地の一部だという気がしています。大地といってももとは、椎の木ややまももの朽葉や、萩のしだれ茎だったと思います。何万年だかの間に土になって、日に日にお陽さまの光や雨を吸い、幸いめったに雪も降らないことですので、夜も自ら発酵する地熱でそんなに寒くもありません。背中のあたりがくすぐったいのは、みみずが出産でもしているのでしょうか。

海に近い磯辺の樹の多いところだということは実感できます。なぜなら、私のふところからときどき風の花というのか、芒の穂をはじめあらゆる草の穂が、海の上にむかって漂い出ては、淡く光るのが眺められるからです。

　それは夢というより存在の感覚で、崖に似たような大地のはしっこで、半ば土の精になってしょっちゅうまどろんでいて、夢の中へもよく出はいりします。もともとの自分ができそこないだからでしょうか、頭をよぎる想念も、どこやら筋が欠けて行方不明になって、岩の蔭に蛇の脱け殻がひっそりのびていますが、あれは十日ぐらい前わたしの夢に来たクロネコヤマトの豆腐トラックの残影かもしれません。

　なにしろほんもののクロの親猫が運転していて、川土手でも街中でも信号なしのところをどんどんつくり出して、豆腐を一軒々々に配っているようでした。豆腐が一丁ずつ、きっちりはいっている青いセルロイドの豆腐入れを、二十箱ばかりつないで、大型トラックや乗用車が行き交う中を、じつに上手になよなよ曳きながらゆくので、感心もするのですけれど、豆腐入れの箱があんまりきっちりしすぎて、目指す家についた時、どうやって豆腐を取り出すのか、それが心配でした。たぶん容器の箱ごと切り離して配るしかけになっているのが、クロ猫豆腐屋らしく思われました。

　隣の朽葉の中にニホンオオカミがこれもめざめかけていました。撫でてみたら毛並みが老いていました。わたしの中の野性がよみがえりました。

　土の湿り気を払って歩き出しました。起き上ってみると、朽ち葉の中に横たわってから五十年ばかり経っているので、お尻と額のあたりが、少し土になりかけている感じです。微生物たちに耕されていたのでしょう。まだミイラにはなっていないようでした。

そしたら思い出しました。目つきのおかしくなった牛が、湯の児海岸から落ちないよう、連れにゆくのを忘れていた。大変だ。こんどは人間らしく、手綱をとりにゆかなくちゃ。

原爆で一本角になってしまった黄牛《あめうし》が、向う岸の島原から不知火海を泳いできたのを、仏さまからお預かりしていたのをすっかり忘れていました。湯の児海岸あたりは草があり余っているので、角の再生はできなくとも、食べるにこと欠きはいたしませんと預かったのでした。黄牛も朝夕波の音を聴いて、千草百草《ちぐさももくさ》を食べ、わたしくらいには歳をとったろう。片目が半分でんぐり返っていましたから、崖道に迷い出たらあぶない。一足とびにゆかなくちゃ。

間に合いました。皺の多い頬っぺたと一本の角にすがりついて、崖側にゆかないように押し返します。その重いこと。牛の頬っぺたの広いこと、分厚いこと。おかしな方のその畔と、わたしのこれもおかしな方の畔がときどき合います。落ちはしないよね。下は植えたばかりの小さな棚田だよ。水が張られて鏡になっていて、お前さんの前生はクサノザウルスだったって。わたしですか。ほら、田んぼの鏡面の早苗の間を白い雲がゆくでしょう。あの雲だったらしい。黄牛の躰がふいに軽くなりました。

墜ちてゆくんだか飛んでゆくんだか。早苗が揺れて、鏡面の空が青い。

解説

すべてを呑み込んで生かしてもどす声

伊藤比呂美

熊本というところは、九州の中ほどにある町で、夏は暑く、雨が多く、照葉樹も多く、街路樹は多くが若いクスノキと年取ったハゼノキで、町のあちこちに、樹齢何百年というクスノキの老大木がしぶとく生き残っています。

わたしが熊本に住みついて最初に住んだ家は、古い木造の二階建てで、狭い廊下と薄暗い階段があり、東京の板橋の、わたしの祖父母が住んでいた家、わたしの親が子どもを育てた家によく似ていました。

湿気のたえない日あたりの悪い小さな庭には、ホトトギスやヤツデやアオキやドクダミやカタバミやヤブガラシが自生して、蔓がひっきりなしに窓や戸の隙間から入りこんでこようとしていましたし、虫は、家の内でも外でもおびただしく生まれては死んでいました。わたしもまた、みなぎってほとばしる乳を赤ん坊に与えながらつぎの子を妊娠して、それを生んで育てようとしておりました。糧を得るための仕事をし、家事をし、毎日のごはんをつくるという暮らしは、東京の板橋の木造の家で、母や祖母や伯母や叔母たちがくりかえしていた暮らしと、寸分変わらないものに思われました。

熊本に住みついてしばらく暮らしてるうちに、熊本のことばが耳に慣れてきました。石牟礼さんの『苦海浄土』を読んだのはちょうどそのころです。

『苦海浄土』の中からひびいてくる水俣のことばと人々の声と、熊本の、住んでいた家の前の路地を行き来する女たち、老人たち、十字路のお地蔵様やあそぶ子どもらの声が、区別がつかないまま、耳の中に入り込んできました。生きているのか死んでいるのかわからない、むすうの人々の声に取り巻かれる思いをいたしました。

今は、わたしは熊本を離れてカリフォルニアに移住し、夏だけ、子どもを連れて帰ります。夏のカリフォルニアは何もかも干上がって死に絶えたようになります。そこから、梅雨時の熊本に毎年帰るから、緑と湿気だけが印象に残り、ほかの季節のことはとうに忘れてしまいました。むんむんと膨れあがる湿気の中で、たけだけしく繁る草木、おびただしく生まれて死ぬ虫たち、それだけが、わたしの覚えている日本の熊本です。そんな中で、同じ町に住む石牟礼さんの声のことを考えます。

わたしは、石牟礼さんというのは、とても獰猛に、人の声と食べることに執着しているかただと思っております。それは何年か前に読んだ『アニマの鳥』で、再確認しました。

何を食べるかどう食べるかを毎日毎日実践している農民たち、漁民たちが、主人公の話です。詩《うた》とともに、とても獰猛に生きていらっしゃるかただと思っております。詩《うた》というのは、本来みっつの用途があった、とわたしは思うのです。ひとつはマジナイ。ことばの力で相手を動かす。いのる。のろう。いやす。わたしなど、この分野の詩を、もっともっとやっていきたいと思っております。

それからカタリ。人や神の生きざまを人に伝えるための。

それからウタ。おのれの声を、神、というのか超常的な力にとどかせるための。

それにはトランスすることが必要ですし、「わたし」という概念をもっている近代では、まず「わたし」の意識があって、そこからことばの力を借りて、どこか別のところに行くことが必要になってきます。

この本を読んで、あらためて気がついたことがあります。人の声が、たくさん引用されています。それは、『苦海浄土』『アニマの鳥』にかぎらず、ほかの石牟礼さんのお作品ではいつも最大の魅力でした。そして、ここでもです。ここでも、人の生きざま、暮らしが、人々の声によって語られるのですけれど、わたしたちの耳に聞こえてくるのは、たったひとつの声だということです。

個々の声は、石牟礼さんに吸い込まれ、石牟礼さんの声になって、外に出ていく。人の

石牟礼道子（1985年頃）

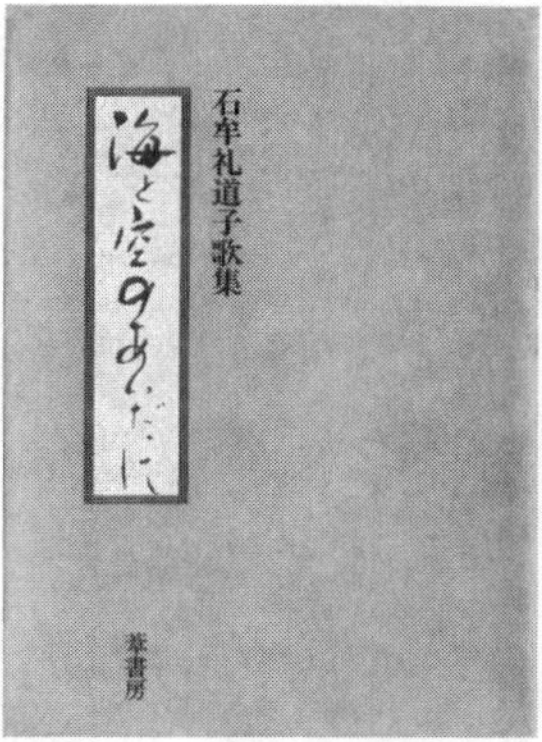

『歌集 海と空のあいだに』カバー
(平1・6　葦書房)

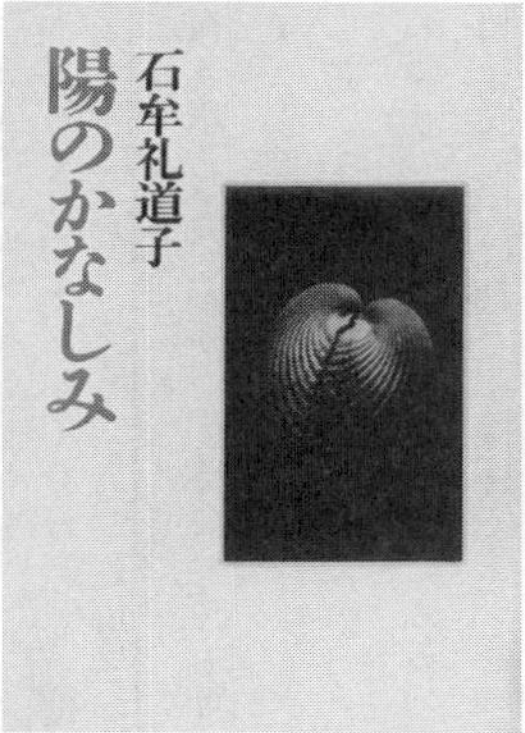

『陽のかなしみ』カバー
(昭61・12　朝日新聞社)

『苦海浄土　わが水俣病』カバー
(昭44・1　講談社)

『アニマの鳥』カバー
(平11・11　筑摩書房)

声をきくと呑み込まずにいられない、声呑み妖怪のようなかたです、石牟礼さんは。人の声を飲み込み、飲みくだし、そうするうちに、呑んだ声は、風土になって、石牟礼さんの声をとおして、外に出ていくのです。

そうして考えてみますと、この体験は、もはや本を読んだとか書見をいたしたとかいう体験ではなくなっている。声を聞いたという体験です。

たしかに本ですし、ふつうの本と同じような大きさで、装丁で、同じように文字がならんでいます。ページいっぱいに字がならんでいるのをエッセイ、行ワケの方を詩歌とくってしまった方が、読み手はどれだけ安心かしれないのですが、くくろうとしてもくくれないのです。読めるというものではない、耳を澄ませて聞かなければいけない。

声は、母や伯母や叔母たちや、祖母や曾祖母やそのまた曾祖母たちが、何世代にもわたって、くりかえし、くりかえし、使ってきた表現の手段であります。何千人何万人となく、くりかえしてきた。その妣《はは》たちは、もう死んでいるか、死の世界と生の世界を自由に行き来しているか、生きていても非識字者かです。すべての声が、外に出してしまえば消えてしまいます。

妣たちの声が幾層にもかさなって聞こえるけれども、実際はただひとつ、ひとりの女の、うつむいた低い声が聞こえるのです。肉体的には、ちいさくて、年も取っていて、非力な女ですけれど、獰猛です。さっきからいっているように。ですから、そこには寸分の隙もなくって、なかなか中に入って行かれません。やっとの思いで、中に入り込みますと、ものすごい力の渦が巻いていて、ひきずりこまれるのを防がなくてはならず、そのために、体力がいるのであります。疲れ果てるのであります。

むしろ抵抗せずに、ふっと力をぬいて、その力の中にひきずりこまれてみるのもいいかもしれないと思ってやってみたら、ひどい目にあいました。人々の意識が頭の中に乱れこんできて自分なんてそっくりそのままどこかへ持って行かれそうになりました。それが石牟礼さんの本を読むという体験です。

男たちは、優しく丁寧なよそ言葉でこう言った。
「ほんにすんまっせんが、鍋ば貸して下はりまっせ」
それを聞いたことを思い出して、ミト婆さまは言った。

（「乙姫さんと三日月と」）

という話は、ミト婆さまという自称八十歳の婆さまの口から語られたものを石牟礼道子さんが聞き取ったのです。ミト婆さまは、西南戦争のときに聞いた人の声を思い出し、思い出し、それを石牟礼さんに語ります。

「かかさんの這うて出て——鍋なら、そこのくどに座っとります、そう言わした。そしたら今度は――ああ有難か、そんならそのくども、ついでに貸して貰おう如《ごと》ありまっす、と言いなはる。かかさんの黙っとんなはると、――持ってゆくわけじゃありまっせん、ここで粥炊かせて貰おうと思うとります、そう言いなはるもんで、かかさんの安心して、――いっちょしか無か、つん欠け鍋でござりますばって、と挨拶しなはって、兵隊さんたちは、自分たちの袋から米出して磨いて、飯《まま》炊きにしかからすのを、怖ろしながら、畳屋根の中から見ておった」

（「乙姫さんと三日月と」）

兵隊の声もかかさんの声も聞こえてきますけれども、それはミト婆の声にすっかり呑み込まれている。そしてミト婆の声は、石牟礼さんの声に、すっかり呑み込まれている。そしてふたたび、生かされている。

ぼくは　じつはですな
ただのいっぺんも死にたくはなかとです
ただのいっぺんといえども！

（「死民たちの春」）

この詩の中で「だんことしていう」熊襲《くまそ》の男も、そのとおりです。

「あのね、あのね、つないでくれんかね、あっち岸からね、こっち岸に、ちゃんとつないで、ね、つないでくれんかね、人たちの困っとらすけん……渡らんばならんでね」

（「彼岸へ」）

という母のうわごとも。

なあ　かかしゃん
かかしゃん
しゃくらのはなの　咲いとるよう

（「いまわの花」）

という「構語障害」を持つ水俣病の幼女の声も。

桜の時期になっとったばいなあ、世の中は春じゃったばいなあ、ち思いました

（「いまわの花」）

と語るその母の声も。みんな、石牟礼さんの声にいちどは呑み込まれて、この世にもどされてきたのです。

折りもおり、背筋がこおるような経験をしました。ちょうど「あやとり祭文」を読んでいたところでした。それは、まずこんな唄からはじまります。

売られ売られて　ゆくその先は
役せんからだにさせられて
しんのしまいにゃ　舟まんじゅ
犬《いん》の嫁御に　当てがわれ
犬とつがわせ
生れたその子は
日のたつうちにゃ
犬の耳よの　生えて出て
髪毛《かんげ》振り振り　見えかくれ

（「あやとり祭文」）

「いまわの花」には生月島隠れ切支丹の人々の伝える歌オラショがひかれてあり、わたしはそれだけが、この本の中で、異質な、石牟礼さんの声でないことばだと感じたのですけれど、このあやとり祭文の方は、わかりません。これが妣《はは》たちに歌いつがれてきたものか、石牟礼さんの創作か。ほかのことばたちと同じように、石牟礼さんの声に呑み込まれたように、まったく違和感がないんです。能もお経もかいてしまうかただから、あやとりの唄くらい、お茶の子さいさい、かいてしまえると思いますし。

それにつづく文章は、そういう、人々の意識が何世代にわたってつくりあげてきたものなどではなく、あきらかに、現代の書き手である石牟礼さんの文章です。

この唄の、解説のような情景ではじまるんですけれど、それから、老婆と孫の、「声に出さない言葉の所作事」になり、こんな一文もはさみこまれます。

世俗の外縁をさすらう乞食や狂者と、夢のようなおさなごが、束の間倖せな出逢いをする物語が無数につくられるのは、赤んぼと乞食が、同じ輪廻の中にあるからでしょうか。風土と自然は、そのようなものたちが出逢うための、永遠の大地としてありました。

小説でもなし、エッセイでも詩でもなし、何なのだろうこれはと何度も何度も読んだのであります。

老婆と孫のことを語っていたはずなのに、いつのまにか天草の自然や風土について語っている。天草の自然や風土について語っていたはずなのに、いつのまにか神と向かい合って語り合っている。生きてる人のことを語っているはずなのに、亡くなった人々も、狐たちも、その中に混ざり合い、水俣や天草のことばを出して、石牟礼さんに呑み込まれてゆく。

お前はこの世に生まれて何をしていたか、と風土の神に問われれば、はい、気がついたときには、川で、鍋や釜や茶碗やからいもや、大根菜っ葉、漬けものなどを洗っておりました。背中には妹や弟たちがおんぶされていて、洗いものをしているとおしっこをするので、ついでにおしめも自分の背中も洗って、その続きで自分の生んだ子をも洗っておりました。

それから何々をしていたか。

はい、海辺で寄り木の薪をとったり海苔をはいだり、一日が一生ほどにも感ぜられていました。それとて退屈という程ではなくて、子どもをおんぶして海辺に立って、うたを歌うやら、好かん、もう、あん人たちは好かん、と怨じたりするたのしみだってありました。そこでほんのり気がとがめて、口から吐き出す悪霊どもを呑み込んでくれる、もひとつ巨きな口が見たくて、つまり海がその役目になってくれるよう祈ったりしておりました。曾祖母も、そのまた曾祖母たちも、みんなそうやって日々を暮らしていたと思います。わたしはその妣《はは》たちにならっているだけです。

(「あやとり祭文」)

この光景と、ここで語られることばが、わたしは好きで、たまらなく好きで、なつかしくて、何度も何度もくりかえして口の中でとなえてみました。でもそんなことをしたから、わたしは、声ごと石牟礼さんの声に呑み込まれ、おしこめられ、揺さぶられ、息もできず、自分の記憶や妣たちの記憶に沈んでいきそうになっていたとき、机の脇にあるFAX機がかたかたと動き出して、紙が一枚、吐き出されてきました。海の向こうの、箏の奏者の沢井一恵さんの筆跡でした。その中に「石牟礼さんが」という字がありました。ぞっとしました。

じつはわたしは沢井一恵さんとは一面識もありません。ただ、はたちになる娘が師事しており、ときどき東京の沢井先生のもとに、お箏の修業をしにゆきます。FAXも、娘あてに来たものでありました。生まれたときからほそい長い指を持った娘でありました。若かった母だけに、可愛いと思う気持ちも可愛くないと思う気持ちもせめぎあい、詩の中でさんざん殺してきたわが子であります。

FAXには、「お母様にどうぞよろしく」というひとこと（わたしも人の母だ、この間日本に帰ったおり、お世話になった先生に熊本産のデコぽんをおとどけしましたのです）。それから、「石牟礼道子さんの新刊」について、石牟礼さんとは「とても近い所にいて」「二十年位のお友達でもあり」というくだりが。

それがＦＡＸ機の振動と喘鳴とともに紙の上に打ち出されてきたとき、わたしは、「あやとり祭文」の中に、呑み込まれ、閉じこめられて、息もできなくなっていたときだったのです。

戦慄しました。息を吹き返したような。こんぐらがった糸がはらりとほどけたような。同時に、わたしの状態を、石牟礼さんに見透かされたような。

十五年ほど前になります、熊本にいたころです。ある夜、とつぜん石牟礼道子さんから電話があり、いま、とてもおもしろい方がうちにいらしてましてね、すばらしいお箏の演奏をなさる方、ご紹介したいんですよ、と、あの、夜のような声で、おっしゃった。ああ、行きたかった。でも、そのときは、何かにさえぎられて、どうしても行かれなかった。それ以来、石牟礼道子さんには何回もお会いした。真夏にくすんだ熊本の繁華街の、陽炎にユラユラしている裏道で、お中元を買いに来たんですよという石牟礼さんにばったりお会いした。お宅にうかがったときには、楊梅《やまもも》をいただいて、漬け込み方を教わって帰って、楊梅酒をつくってみた（石牟礼さんの描く人々のようではないですか）。でも邂逅しかけたお箏の奏者のことは、それきりでありました。それが何年も何年もたって、ひょいとつながりました。石牟礼さんの声の巫力が、沢井一恵さんの弦の巫力に感応して、海を渡ってやって来たのだなあとわたしは納得したのでありました。殺しかけた娘が箏をほそ長い指先でつま弾きはじめたのも、もしかしたらその巫力にひかれてだったのかもしれません。

「あやとり祭文」は、次のように、終わっています。

昔のまんまの渚の形がそこに現われます。埋もれている舟の残骸が、舳先《へさき》の首をさしのべます。あの影たちが乗って出た舟かもしれません。昔のまんまの岩が、牡蠣殻の模様を着てそこに居ました。

ふとみると渚に島の影がうつっていて、崖のはしに、櫛がひっかかったようなぐあいに、わたしが挿さっているのでした。

（「あやとり祭文」）

ここに挿さった「わたし」。

わたしは、「わたし」についてなら、考え慣れております。いいえ、むしろそれしか考えてきませんでした。わたしはだれであるか、わたしは何をしたいか、ということが、生理的にも、文化的にも、「わたし」を出すことにのみきゅうきゅうとしてきたような気がします。ほんとに、そればかり。声は、それをお見通しだ。熊本の市内から有明海に出てゆきますと、岬が切れて、海がひらけて、小島がてんてんと浮かびます。小さな港を行き過ぎますと、向こうに橋が、つぎつぎに架かってゆくのが見えるのです。ほかにも崖はいくつもありましょうが、わたしのためにはたぶんそこです、その有明海に突きだした崖のはし。そこに、櫛がひっかかったぐあいに、「わたし」が挿さっているんです。

年譜——石牟礼道子

一九二七年（昭和二年）

三月一一日、熊本県天草郡宮野《みやの》河内《がわち》（現河浦町）に生れる。父白石亀太郎、母吉田ハルノ。ハルノの父吉田松太郎は当時石工の棟梁として、各地で建設事業を営み、父亀太郎はその下で帳付けを務め、当時宮野河内で事業にたずさわっていた。三ヵ月後、葦北郡水俣町（現水俣市）栄町の自宅へ帰る。栄町での幼女時代は彼女の黄金期で、『椿の海の記』はじめ多くの作品で回想されている。

一九三四年（昭和九年）　七歳

水俣町立第二小学校へ入学。

一九三五年（昭和一〇年）　八歳

祖父松太郎の事業破産により、栄町の自宅および家財差し押えられ、水俣町北郊の荒神（俗称とんとん村）に移る。突然の境遇激変に加え、ハルノの母モカの精神異常もあって、この世にひそむ深淵への意識が早くも育った。後年彼女はうたう。「狂えばかの祖母の如くに縁側より蹴り落さるるならんか吾も」

一九三六年（昭和一一年）　九歳

新学期より水俣町立第一小学校へ転校。

一九三七年（昭和一二年）　一〇歳

この頃、とんとん村の一部猿郷《さるごう》に父が手作りで家を建て、移り住む。

一九四〇年（昭和一五年）　一三歳
水俣町立第一小学校卒業。水俣町立実務学校（現県立水俣高校）へ入学。この頃より歌作と詩作を始める。
一九四三年（昭和一八年）　一六歳
水俣町立実務学校卒業。葦北郡佐敷町の代用教員養成所へ入所。二学期より葦北郡田浦小学校に勤務。
一九四五年（昭和二〇年）　一八歳
終戦直後、田浦から水俣へ帰る列車の中で戦災孤児の少女と出会い、自宅へ連れて帰って四〇日間起居をともにする。
一九四六年（昭和二一年）　一九歳
春、水俣町立葛渡《くずわたり》小学校へ転勤。結核発病し、秋まで自宅療養。前年世話した少女について「タデ子の記」を書く。
一九四七年（昭和二二年）　二〇歳
退職し、三月石牟礼弘と結婚。
一九四八年（昭和二三年）　二一歳
一〇月、長男道生出生。水俣町日当の養老院下に住む。
一九五一年（昭和二六年）　二四歳
この頃『令女界』歌壇に投稿、窪田空穂から賞讃される。
一九五二年（昭和二七年）　二五歳
『毎日新聞』熊本県版の歌壇に投稿を始め、選者蒲池正紀に認められ、同氏主宰の歌誌『南風』（熊本市）の会員となる。
一九五三年（昭和二八年）　二六歳
『南風』に毎月出詠。この頃より日窒（現チッソ）水俣工場の若い組合員が日当の家に出入りし始める。
一九五四年（昭和二九年）　二七歳
四月、歌友志賀狂太（人吉市在住）自殺、衝撃を受ける。谷川雁より誘いあり初めて訪問。この年、水俣市内のレストランで半年ほど働く。『南風』に出詠続く。
一九五五年（昭和三〇年）　二八歳

『南風』に出詠続く。

一九五六年（昭和三一年）二九歳

『南風』に断続的に出詠。『短歌研究』新人五十首詠に入選。同誌一〇月号に「変身の刻（十四首）」、一一月号に「海女の笛（十四首）」を発表。短歌とともに詩も一〇代より書いていたが、この年地元の雑誌『直線』に初めて詩を発表（「点滅」）。

一九五八年（昭和三三年）三一歳

谷川雁が創刊した『サークル村』に参加。前年より『南風』への出詠が一月号のみとなり、詩・散文への志向強まる。一一月弟一《はじめ》が鉄道事故で死す。

一九五九年（昭和三四年）三二歳

五月日本共産党に入党。「共産党とは雁さんみたいな詩人の集まりだろうと思っていた」と後年回顧。『アカハタ』懸賞小説に「舟曳き唄」応募、佳作となる。『サークル村』一二月号に「愛情論」発表。『短歌研究』二月号に「母たちの海（十五首）」を発表。

一九六〇年（昭和三五年）三三歳

谷川雁との関連で党内で査問され、九月離党。『サークル村』一月号に、『苦海浄土』初稿となる「奇病」を発表。『日本残酷物語・現代篇第一巻』に「水俣病」を執筆。

一九六一年（昭和三六年）三四歳

五月筑豊炭鉱へ旅し、谷川の指導する大正行動隊の闘いを見る。『女学生の友』五月号に「水俣病・そのわざわいに泣く少女たち」を発表。

一九六二年（昭和三七年）三五歳

熊本市の文芸同人誌『詩と真実』へ加入。谷川の影響下に結成された『熊本新文化集団』に参加。日窒水俣工場に安賃争議起こり、第一組合を支援して市民向けビラを出す。『思想の科学』一二月号に「西南役伝説」を発表。同名の連作の第一作である。

一九六三年（昭和三八年）三六歳

猿郷の両親宅横の小屋へ転居。友人赤崎覚らと雑誌『現代の記録』創刊。同誌に「西南役伝説」を発表。同誌は民衆史記録への関心に促されたものだったが、資金続かず創刊号のみに終った。「雑誌を出すとお金がいるとは知らなかった」と後日の回顧談。

一九六四年（昭和三九年）　三七歳
高群逸枝の著作に接し感動。『熊本日日新聞』の連載に「高群逸枝さんを追慕する」を書く（七月三日）。『日本の百年・第一〇巻』（筑摩書房）に「西南役伝説」を発表。『サークル村』崩壊後の状況を受け「孤立宣言」を書く。

一九六五年（昭和四〇年）　三八歳
「海と空のあいだに」を『熊本風土記』（渡辺京二編集）に連載し始む。『苦海浄土』の初稿である。『南風』四月号に四首発表。これが同誌への出詠の最後となった。

一九六六年（昭和四一年）　三九歳
高群逸枝の夫君橋本憲三の信任を得、逸枝研究のため東京世田谷の橋本宅（通称森の家）に滞在。「海と空のあいだに」の連載、『熊本風土記』終刊をもって終わる（全八回）。

一九六七年（昭和四二年）　四〇歳
『日本読書新聞』四月二四日号に「水俣病・海底からの証言」を発表。

一九六八年（昭和四三年）　四一歳
一月「水俣病対策市民会議」を結成。この年『朝日ジャーナル』に「わが不知火」（全五回）、「菊とナガサキ」「阿賀のニゴイが舌を刺す」を発表、ようやく名を知られ始めた。水俣へ移住した橋本憲三が一〇月『高群逸枝雑誌』を創刊、同誌に「最後の人」連載を開始、編集その他憲三の相談相手となる。妹妙子、岐阜より帰郷し、道子を補佐。

一九六九年（昭和四四年）　四二歳
一月上野英信の尽力により『苦海浄土』を講談社より出版。同書に熊日文学賞が与えられたが受賞辞退。年頭より裁判提訴をめぐって揺れ続ける水俣病患者と辛苦をともにし、四月熊本市の知友に呼びかけて「水俣病を告発する会」を結成、そのさなかに父亀太郎逝く。六月患者二九所帯が熊本地裁にチッソを相手どって訴訟提起。こののち道子の家は患者支援活動の中心として怱忙を極めることになった。

一九七〇年（昭和四五年）　四三歳

熊本地裁での裁判の進行、告発する会の厚生省占拠行動（五月）をきっかけとする支援運動の全国的盛り上りの中にあって多忙を極める一方、新聞・雑誌に水俣病関連の文章を多数発表。「亡国のうた」（朝日新聞）「死民の故郷から」（文芸春秋）、「晴れの日の紅をさして」（婦人公論）等。映画撮影のため来水した土本典昭監督一行に協力。テレビ出演、各地での講演、さらには自作脚本による「詩篇・苦海浄土」をＲＫＢ毎日より放送等、席の暖まる暇もなかった。一一月には患者のチッソ株主総会出席に巡礼姿で同行、高野山詣でにも随伴した。なお『苦海浄土』に第一回大宅壮一ノンフィクション賞が与えられたが、受賞辞退。患者の苦患を描いた同書によっては賞を受けないという固い決心によるものである。九月、井上光晴の主宰する『辺境』に「苦海浄土・第二部」を連載し始める。

一九七一年（昭和四六年）　四四歳

詩「死民たちの春」発表（『朝日ジャーナル』一月一五日）。田中正造ゆかりの地を訪ね、朝日新聞に「天の山へ向けて」全八回を三月から四月にかけて連載。三月三里塚を訪ねて「地霊のパルチザン」（朝日ジャーナル）、「きさらぎの三里塚」（毎日新聞）を書く。一二月、川本輝夫ら水俣病未認定患者のチッソ東京本社すわりこみ（自主交渉）に参加。患者たちと旅宿で越年。

一九七二年（昭和四七年）　四五歳
自主交渉支援のため、ほとんど東京の共同宿舎で過す。三月『展望』に、自主交渉の日々を描いた「天の魚・苦海浄土第三部」連載開始。四月『水俣病闘争　わが死民』（現代評論社）を編む。六月左眼の白内障手術を受け、以後左眼は失明状態となる。

一九七三年（昭和四八年）　四六歳
『文芸展望』に「椿の海の記」連載開始。三月水俣病裁判判決、ひき続き患者のチッソ本社での交渉に参加。同月『流民の都』（大和書房）刊行。六月熊本市薬園町に仕事場を設ける。八月マグサイサイ賞授賞式出席のためにマニラへ行く。一〇月松浦豊敏・渡辺京二らと季刊誌『暗河』（葦書房）創刊。同誌に「西南役伝説」を連載。

一九七四年（昭和四九年）　四七歳
四月画家秀島由己男と詩画集『彼岸花』（南天子画廊）を出す。一〇月『天の魚』（筑摩書房）出版、一二月『潮の日録　石牟礼道子初期散文』（葦書房）出版。

一九七五年（昭和五〇年）　四八歳
熊本県庁で陳情中発生した衝突で患者が逮捕されたことに抗議し「悲しい木の葉が燦爛と」を書く（『水俣』一一月号）。

一九七六年（昭和五一年）　四九歳
四月、色川大吉、鶴見和子ら「不知火総合学術調査団」水俣入り。これは道子の懇請により実現したもので、こののち連年の調査結果は七年後『水俣の啓示』（筑摩書房）としてまとめられた。五月、橋本憲三氏死去。一一月『椿の海の記』（朝日新聞社）刊行。

一九七七年（昭和五二年）　五〇歳
五月山梨県塩山市中村病院にひと月入院。四月『エディター』に「歳時記」連載開始。一二月『草のことづて』（筑摩書房）刊行。

一九七八年（昭和五三年）　五一歳
七月熊本市健軍の真宗寺脇に仕事場を移す。

同月与那国島旅行。一二月久高島でイザイホウを見る。一月「にゃあま」を『潮』に連載開始。一二月『石牟礼道子歳時記』（日本エディタースクール出版部）出版。

一九八〇年（昭和五五年）　五三歳

橋本静子とともに『高群逸枝雑誌』終刊号を出す。六月『子どもの館』（福音館書店）に「あやとりの記」連載開始。九月『西南役伝説』（朝日新聞社）出版。

一九八一年（昭和五六年）　五四歳

土本典昭監督の映画『水俣の図・物語』製作に参加。『毎日新聞』西部版に「常世の樹」を連載。

一九八二年（昭和五七年）　五五歳

六月『いま、人間として』（径書房）に「十六夜橋」連載を開始。丸木俊と絵本『みなまた海のこえ』（小峰書店）を作る。一〇月『常世の樹』（葦書房）刊行。

一九八三年（昭和五八年）　五六歳

一〇月『ぺんぎん・くえすちょん』に「五宮の草紙」連載開始。二月対談集『樹の中の鬼』（朝日新聞社）刊行。一一月『あやとりの記』（福音館書店）刊行。

一九八四年（昭和五九年）　五七歳

三月真宗寺の御遠忌のため表白文「花を奉るの辞」を作り、仏衣にて勤仕。「にゃあま」を改題し『おえん遊行』として六月筑摩書房より刊行。

一九八五年（昭和六〇年）　五八歳

三月『西日本新聞』に「不知火ひかり凪」を連載開始。

一九八六年（昭和六一年）　五九歳

五月句集『天』（天籟俳句会）刊行。一一月西日本文化賞を受賞。一二月『陽のかなしみ』（朝日新聞社）刊行。

一九八七年（昭和六二年）　六〇歳

『飛ぶ教室』に「やつせ川」連載開始。

一九八八年（昭和六三年）　六一歳

五月母ハルノ死す。一月『熊本日日新聞』に「花のまぼろし」連載開始。四月『乳の潮』（筑摩書房）刊行。
一九八九年（昭和六四年・平成元年）　六二歳
六月歌集『海と空のあいだに』（葦書房）、一一月『不知火ひかり凪』（筑摩書房）刊行。
一九九〇年（平成二年）　六三歳
三月『花をたてまつる』（葦書房）刊行。
一九九一年（平成三年）　六四歳
『群像』一一月号に小説「七夕」を発表。『熊本日日新聞』に「草の道」連載開始。
一九九二年（平成四年）　六五歳
五月『十六夜橋』（径書房）刊行。
一九九三年（平成五年）　六六歳
一月『週刊金曜日』創刊に参加。九月『十六夜橋』に紫式部文学賞与えらる。『Q』に「ここすぎて水の径」連載開始。
一九九四年（平成六年）　六七歳
四月『週刊金曜日』編集委員辞任。同月熊本市湖東二―一七―八に転居。九月『週刊金曜日』に「天湖」連載開始。三月『葛のしとね』（朝日新聞社）、四月『食べごしらえ　おままごと』（ドメス出版）刊行。
一九九六年（平成八年）　六九歳
水俣フォーラム主催の水俣東京展にて出魂儀をとり行う。一一月『形見の声』（筑摩書房）、『蟬和郎』（葦書房）刊行。
一九九七年（平成九年）　七〇歳
『群像』四月号に小説「木霊」発表。一一月『天湖』（毎日新聞社）出版。
一九九八年（平成一〇年）　七一歳
『熊本日日新聞』以下六紙に小説『春の城』を連載開始（『高知新聞』は一月二七日より）。天草の乱を書くのは長年の念願であった。
一九九九年（平成一一年）　七二歳
『群像』一〇月号に小説「赤い夕陽」を発表。『朝日新聞』に「ちょと深呼吸」連載開始。

一一月、『アニマの鳥』（『春の城』改題）を筑摩書房より刊行。

二〇〇〇年（平成一二年）　七三歳

かねて尊敬してやまなかった白川静先生との対談かなう（婦人公論三月七日号）。八月『潮の呼ぶ声』（毎日新聞社）、一二月対談集『石牟礼道子対談集 魂の言葉を紡ぐ』（河出書房新社）刊行。『環』（藤原書店）に俳句の連載始める。

二〇〇一年（平成一三年）　七四歳

『群像』七月号に小説「ゆり籠」を発表。新作能詞章「不知火」を書く。二月『煤の中のマリア』（平凡社）刊行。

二〇〇二年（平成一四年）　七五歳

一月、朝日賞受賞。七月宝生能楽堂と国立能楽堂で橋の会により新作能「不知火」上演される。同月熊本市上水前寺二―六―八に転居。二〜三月『読売新聞』に「煉獄にかかる虹」（全七回）を連載。四月鶴見和子との対談『言葉果つるところ』（藤原書店）、八月詩集『はにかみの国』（石風社）刊行。

二〇〇三年（平成一五年）　七六歳

三月『はにかみの国』により芸術選奨文部科学大臣賞受賞。八月熊本県立劇場にて橋の会により「不知火」上演。五月島尾ミホとの対談『ヤポネシアの海辺から』（弦書房）刊行。

二〇〇四年（平成一六年）　七七歳

二月『不知火・石牟礼道子のコスモロジー』（藤原書店）刊行。四月藤原書店より『石牟礼道子全集』の刊行始まる。第一回配本は第二、三巻。『苦海浄土・第二部』が完成し初めて刊行された。

（渡辺京二編）

著書目録――石牟礼道子

【単行本】

苦海浄土　わが水俣病　昭44・1　講談社
流民の都　昭48・3　大和書房
天の魚　昭49・10　筑摩書房
潮の日録　石牟礼道子初期散文　昭49・12　葦書房
椿の海の記　昭51・11　朝日新聞社
草のことづて　昭52・12　筑摩書房
石牟礼道子歳時記　昭53・12　日本エディタースクール出版部
西南役伝説　昭55・9　朝日新聞社
常世の樹　昭57・10　葦書房
あやとりの記　昭58・11　福音館書店
おえん遊行　昭59・6　筑摩書房
句集　天　昭61・5　天籟俳句会（穴井太）
陽のかなしみ　昭61・12　朝日新聞社
乳の潮　昭63・4　筑摩書房
歌集　海と空のあいだに　平元・6　葦書房
不知火ひかり凪　平元・11　筑摩書房
花をたてまつる　平2・3　葦書房
十六夜橋　平4・5　径《こみち》書房
葛のしとね　平6・3　朝日新聞社
食べごしらえ　おままごと　平6・4　ドメス出版

蟬和郎　平8・11　葦書房
形見の声　母層としての風土　平8・11　筑摩書房
水はみどろの宮　平9・11　平凡社
天湖　平9・11　毎日新聞社
アニマの鳥　平11・11　筑摩書房
潮の呼ぶ声　平12・8　毎日新聞社
煤の中のマリア　島原・椎葉・不知火紀行　平13・2　平凡社
はにかみの国　石牟礼道子全詩集　平14・8　石風社

【単行本共著】

日本残酷物語　現代篇1　昭35・11　平凡社
シンポジウム　意識のなかの日本　昭47・7　朝日新聞社
花帽子　坂本しのぶちゃんのこと　昭48・4　創樹社
公害被害者の論理※　昭48・4　勁草書房
不知火海　水俣・終りなきたたかい　昭48・7　創樹社
そして、おんなは……〔講座おんな6〕＊　昭48・7　筑摩書房
彼岸花〔詩画集　60部限定〕　昭49・4　南天子画廊
ヤポネシア考＊　昭52・11　葦書房
与那国島　西浦宏己写真集　昭54・8　葦書房
みなまた海のこえ〔記録のえほん2〕　昭57・7　小峰書店
樹の中の鬼＊　昭58・2　朝日新聞社
水俣の啓示　不知火海総合調査報告（下）　昭58・7　筑摩書房
親鸞　不知火よりのことづて※　昭59・10　日本エディタースクール出版部

死なんとぞ、遠い草の光に　水俣、ショアー、阪神大震災のことなど＊　平8・9「震災・活動記録室」

人間はみんな平等　住井すゑ対話集3＊　平9・5　労働旬報社

石牟礼道子対談集　魂の言葉を紡ぐ＊　平12・12　河出書房新社

この百年の課題＊　平13・3　朝日新聞社

言葉果つるところ　鶴見和子・対話まんだら　石牟礼道子の巻＊　平14・4　藤原書店

ヤポネシアの海辺から＊　平15・5　弦書房

不知火（新作能）　平15・8　平凡社

不知火　石牟礼道子のコスモロジー　平16・2　藤原書店

【単行本編著】

水俣病闘争　わが死民　昭47・4　現代評論社

実録水俣病闘争　天の病む　昭49・3　葦書房

日本の名随筆86　祈　平元・12　作品社

【全集】

石牟礼道子全集（全十七巻・別巻一）　平16・4〜　藤原書店

土とふるさとの文学全集1　土俗の魂　昭51・1　家の光協会

思想の海へ〔解放と変革〕24　谷中村から水俣・三里塚へ　エコロジーの源流　平3・2　社会評論社

沖縄文学全集12　紀行　平4・5　国書刊行会

ふるさと文学館50　平5・9　ぎょうせい

【熊本】

【文庫】

苦海浄土　わが水俣病　昭47　講談社文庫
（解＝渡辺京二）

天の魚　続・苦海浄土　昭55　講談社文庫
（解＝見田宗介）

椿の海の記（解＝大岡信）　昭55　朝日文庫

陽のかなしみ（解＝川崎洋）　平3　朝日文庫

十六夜橋（解＝辺見庸）　平11　ちくま文庫

戦後短篇小説再発見7　平13　文芸文庫
故郷と異郷の幻影（解＝川村湊）

（作成・天草季紅）

単行本、単行本共著は、原則として再刊本は省いた。／共著、叢書は、主要なものにとどめた。／＊は対談・座談。※は講演・講義。／文庫は刊行されたものを挙げた。（　）内の略号は、解＝解説を示す。

本書は以下に記す単行本を底本として使用し、多少ふりがなを加えました。本文中明らかな誤植と思われる箇所は正しましたが、原則として底本に従いました。

海と空のあいだに（抄）　『海と空のあいだに』一九八九年葦書房刊

簪／とある前世の秋のいま／鬼女ひとりいて／狐たちの言葉／地母神／海はまだ光り　『乳の潮』一九八八年筑摩書房刊

あやとり祭文／気配たちの賑わい／乙姫さんと三日月と／おいしいということ／昏れてゆく風／島へ――不知火海総合学術調査団への便り　『陽のかなしみ』一九八六年朝日新聞社刊

命のほとりで／芒野／心のふるさと　『蟬和郎』一九九六年葦書房刊

言葉の秘境から　『葛のしとね』一九九四年朝日新聞社刊

死民たちの春　『はにかみの国』二〇〇二年石風社刊

いまわの花／彼岸へ／「死」を想う／香華／死んだ妣《はは》たちが唄う歌／「切腹いたしやす」　『花をたてまつる』一九九〇年葦書房刊

また、底本にある表現で、今日からみれば不適切な表現がありますが、作品が書かれた時代背景、作品価値、著者が差別助長の意図で使用していないことなどを考慮し、底本のままとしました。

妣《はは》たちの国《くに》 石牟《いしむ》礼《れ》道子《みちこ》詩歌《しいか》文集《ぶんしゅう》

石牟《いしむ》礼《れ》道子《みちこ》

二〇〇四年八月一〇日第一刷発行
二〇二二年二月七日第三刷発行

発行者——鈴木章一
発行所——株式会社　講談社
東京都文京区音羽2・12・21　〒112-8001
電話　編集（03）5395・3513
販売（03）5395・5817
業務（03）5395・3615

デザイン—菊地信義
印刷——豊国印刷株式会社
製本——株式会社国宝社
製版——豊国印刷株式会社
©Michiko Ishimure 2004, Printed in Japan
定価はカバーに表示してあります。

落丁本・乱丁本は購入書店名を明記のうえ、小社業務宛にお送りください。送料は小社負担にてお取替えいたします。なお、この本の内容についてのお問い合せは文芸文庫（編集）宛にお願いいたします。
本書のコピー、スキャン、デジタル化等の無断複製は著作権法上での例外を除き禁じられています。本書を代行業者等の第三者に依頼してスキャンやデジタル化することはたとえ個人や家庭内の利用でも著作権法違反です。

講談社
文芸文庫

ISBN4-06-198377-6

青木淳選――建築文学傑作選　青木 淳――解
青山二郎――眼の哲学|利休伝ノート　森 孝一――人／森 孝一――年
阿川弘之――舷燈　岡田 睦――解／進藤純孝――案
阿川弘之――鮎の宿　岡田 睦――年
阿川弘之――論語知らずの論語読み　高島俊男――解／岡田 睦――年
阿川弘之――亡き母や　小山鉄郎――解／岡田 睦――年
秋山駿――小林秀雄と中原中也　井口時男――解／著者他――年
芥川龍之介-上海游記|江南游記　伊藤桂一――解／藤本寿彦――年
芥川龍之介 谷崎潤一郎-文芸的な、余りに文芸的な|饒舌録ほか 芥川vs.谷崎論争　千葉俊二編　千葉俊二――解
安部公房――砂漠の思想　沼野充義――人／谷 真介――年
安部公房――終りし道の標べに　リービ英雄-解／谷 真介――案
安部ヨリミ-スフィンクスは笑う　三浦雅士――解
有吉佐和子-地唄|三婆 有吉佐和子作品集　宮内淳子――解／宮内淳子――年
有吉佐和子-有田川　半田美永――解／宮内淳子――年
安藤礼二――光の曼陀羅 日本文学論　大江健三郎賞選評-解／著者――年
李良枝――由熙|ナビ・タリョン　渡部直己――解／編集部――年
石川淳――紫苑物語　立石 伯――解／鈴木貞美――案
石川淳――黄金伝説|雪のイヴ　立石 伯――解／日高昭二――案
石川淳――普賢|佳人　立石 伯――解／石和 鷹――案
石川淳――焼跡のイエス|善財　立石 伯――解／立石 伯――年
石川啄木――雲は天才である　関川夏央――解／佐藤清文――年
石坂洋次郎-乳母車|最後の女 石坂洋次郎傑作短編選　三浦雅士――解／森 英一――年
石原吉郎――石原吉郎詩文集　佐々木幹郎-解／小柳玲子――年
石牟礼道子-妣たちの国 石牟礼道子詩歌文集　伊藤比呂美-解／渡辺京二――年
石牟礼道子-西南役伝説　赤坂憲雄――解／渡辺京二――年
磯﨑憲一郎-鳥獣戯画|我が人生最悪の時　乗代雄介――解／著者――年
伊藤桂一――静かなノモンハン　勝又 浩――解／久米 勲――年
伊藤痴遊――隠れたる事実 明治裏面史　木村 洋――解
稲垣足穂――稲垣足穂詩文集　高橋孝次――解／高橋孝次――年
井上ひさし-京伝店の烟草入れ 井上ひさし江戸小説集　野口武彦――解／渡辺昭夫――年
井上靖――補陀落渡海記 井上靖短篇名作集　曾根博義――解／曾根博義――年
井上靖――本覚坊遺文　高橋英夫――解／曾根博義――年
井上靖――崑崙の玉|漂流 井上靖歴史小説傑作選　島内景二――解／曾根博義――年